「今日からこのコを
あんたのトコに置いてあげてね、
シンラ！」
そう旧友から唐突に言われて――
シンラ・リュウトは自分が寝ぼけているのかと疑った。

時には武力でもって実力行使!?
魔物使いのお仕事は
一筋縄ではいきません!
シンラ・リュート
魔物を守る「魔物使い」を自称する青年。
旧友から預けられたアレサに
魔物使いの仕事を一から教えていく。
アレサ
魔物であるコドランと共に、
シンラの家に預けられた訳有り美少女。
その出自や能力など何かと謎は多いが、
心優しくまっすぐな性格の持ち主。
コドラン
白銀古龍と呼ばれる
魔物の子ども。
怪我をしていたところを
アレサが保護し、
それ以降、一緒に行動している。

ルリ
シンラと一緒に森で暮らす怪力少女。
シンラに対してやや毒舌気味だが、
それは信頼の裏返しでもある。

「あ、あわわわわ！
し、シンラさん、
えと、あの！」
「シンラもアレサも
どうしたの？」
アレサの肢体が薄布越しに露わになっていた。
服の下に隠れていた胸元のネックレスの
美麗な装飾まで見て取れ、
シンラは一瞬それに目を奪われた。

魔物使いのもふもふ師弟生活

無 嶋 樹 了

HJ文庫
682

プロローグ

「今日からこのコをあんたのトコに置いてあげてね、シンラ！」

そう旧友に唐突《とうとつ》に言われて――シンラ・リュウトは自分が寝《ね》ぼけているのかと疑った。

時刻は早朝も早朝。シンラは起床《きしょう》したばかりだった。

この家があるのは、シンフォニア王国東部・シュヴァルツシルトの森の中。気軽に訪ねて来られるような場所ではない。

そのはずなのだが、どうやら夢ではないらしい。

「なになに？　寝ぼけてるの？　ほらシャンとしなさい、シャンとっ」

「おい、待て。待て待て待て。なんでお前がここにいる？　というか、そもそもなにをいって――」

「目覚めのハグをしてあげようっ」

「うわっ！」

捲《まく》し立《た》てられたあげく、問答無用でハグされるシンラ。

翡翠色《ひすいいろ》のクセのある髪《かみ》を揺《ゆ》らしながら、切れ長の瞳《ひとみ》がこちらを覗《のぞ》き込《こ》んでくる。身体《からだ》に伝わる感触《かんしょく》も本物だ。

どうやら目の前の長身美女こと旧友の存在は夢幻《ゆめまぼろし》ではないらしい。

「絶世の美女のハグよ。嬉《うれ》し過ぎて目が覚めたでしょ?」

「セシリア……そういうのはいいから。まずは説明を」

「じゃあじゃあ、目も覚めたところで、あとはよろしくね〜〜!」

「はぁっ? お、おい! 待っ――」

シンラの旧友――セシリアは、こちらの制止の声を顧《かえり》みることなく、バタン! とドアを閉める音を室内に響《ひび》かせた。

それはつまり、部屋から出て行ってしまったということであり……。

「……な、なんなんだアイツは」

まったく、せわしないことこの上ない。

そう思いながら溜息《ためいき》をひとつ零《こぼ》した時、ようやくシンラは気がついた。

「……ん?」

自分の斜《なな》め前方、セシリアが言っていた〝このコ〟の存在に。

おそらく最初から、セシリアの横にはいたのだろう。

「あの、えと……おはようございます」
シンラの目の前に立つのは、いたたまれない様子の少女。
見覚えのない顔。
(このコは…………誰《だれ》だ?)
おはようと挨拶《あいさつ》を返しながら記憶《きおく》を辿《たど》るが、まるで覚えがない。
セシリアが置いて行ったのは間違《まちが》いない。だが置いて行ったこと以外……彼女《かのじょ》の事情も
彼女とセシリアの関係さえもさっぱりわからない。
(うー……む)
とりあえずシンラは、少女からの説明を待った。
「………」
しかし、少女は口を開かない。
(緊張《きんちょう》しているのか?)
無言のままの少女をシンラは見つめ、観察した。
艶《つや》やかな淡紅色の髪は、彼女の背中まで伸《の》びている。その肌《はだ》は透《す》き通《とお》るように白い。
年齢《ねんれい》は十と半ばあたりだろうか。美しさよりもまだ愛らしさが勝《まさ》る顔立ちだ。
「……ん?」

シンラはふと動かしていた視線を止める。彼女は、両腕《りょううで》でなにかの包みを持っていた。

なんだろう……とシンラが思った瞬間《しゅんかん》、

「あ……っ！」

その包みがモゾモゾと動き出した。

「はわ、あわっ、わわわわ！」

少女は必死にその包みを抑《おさ》えようとする。だが結局、包みは彼女の腕《うで》から零れ落《お》ちてしまった。

「あ、あ、あ……っ、だ、だめっ！」

「くるるぅ～～！」

布がはだけ、包まれていたモノが露《あらわ》になる。

どさり、と床《ゆか》に落ちる、それ。

それは……――小さなドラゴン。

「くる、くるっ、くるる～～」

「もしかして…………白銀古龍《ヴァイスドラゴン》の、子供か？」

外見から種族にあたりをつけ、シンラは呟《つぶや》く。純白の鱗《うろこ》が特徴的《とくちょうてき》なそのドラゴンは、そのままひょこひょこと床を歩き出した。

「ふえっ！　あ、あ、ああ～コドラン、ダメ！　だ、だめだよっ」

「くる？」

自分が呼ばれたとわかったのか、ドラゴンは立ち止まって振《ふ》り返《かえ》る。

「うん、そうだよ、いい子にしてねコドラン……」

「くる～～っ！」

「あ！」

しかし、少女が手を伸ばすとドラゴンは急に逃《に》げ出《だ》した。

「え～～！　ま、待ってよ、コドラン！　あ、ああ、す、スミマセン！　すぐに静かにしますから！」

謝《あやま》りながら少女はドラゴンを必死に追い回す。

けれどもドラゴンは少女が遊んでくれていると思ったのか、器用に逃げ回《まわ》る。

どたどたと走り回る一人と一匹《ぴき》。

愛くるしい光景……に見えなくもない。

けれどもそれは、傍目《はため》で見ているだけでいいならば、だ。

「なるほど。また厄介事《やっかいごと》を置いていったってわけか、セシリア」

呟きながらシンラは、颯爽《さっそう》と去っていった旧友を思い出した。それから一つ溜息をついて気持ちを切《き》り替《か》えた後、少女に声を掛《か》ける。

「そのまま遊ばせていて大丈夫《だいじょうぶ》だよ」

「え⁈　そ、そんな、そういうわけには……」

「構わないよ。その子も初めての場所で興奮しているんだろ」

「そうかもしれません……いえ！　でもそれではご迷惑《めいわく》に！」

「大丈夫、大丈夫。こういうのは慣れてるから。それに君が追いかければ追いかけるほど、その子は喜んで逃げ回るみたいだからさ」

「え⁉　…………あ」

頑《かたく》なな少女もそこまで説くと状況《じょうきょう》をわかったようだ。

「そ……そうみたいですね。ありがとうございます。では、その……お言葉に甘《あま》えます」

「ああ。遊《あそ》び疲《つか》れるか飽《あ》きるかすれば自然と静かになるさ」

言いながらシンラは床へ視線を落とす。少女が追いかけてこないことに気づいたドラゴンの子供は、ゆっくりと歩き回り始めた。

（ドラゴンの子供……コドランとか呼ばれていたか。しかしそれにしても……この少女と

ドラゴンはいったい）

少女とセシリアの関係も謎《なぞ》だが、少女とこのドラゴンの関係も謎だった。

なぜ彼女はドラゴンと一緒《いっしょ》にいるのか……それもこんな仲睦《なかむつ》まじそうに。

ドラゴンは希少種だ。人がごく普通《ふつう》に暮らしていればまず出会うことはない。一生のうちに遭遇《そうぐう》することさえ稀《まれ》である。

それでも幸か不幸か、偶然《ぐうぜん》に出会うことはあるかもしれない。

しかし、出会ったドラゴンを抱《だ》きかかえる者はいないだろう――出会うのは運だが、抱くにはその人の意志が要《い》るからだ。

そこにドラゴンの容姿や気性《きしょう》は関係ない。そのドラゴンが幼くどれほど愛らしくても、この世界に暮らす普通の人々は、それを抱きかかえたいなんて――触《ふ》れたいなんて思わないはずなのだ。

悲しいがそれが世界の現実……そう胸の中で呟きながらシンラは、無邪気《むじゃき》なドラゴンを眺《なが》める。

（……ん？）

ふとシンラは違和感《いわかん》に気付く。ドラゴンの足取りが少しぎこちなかったのだ。

「……コイツ、怪我《けが》していないか？」

ただの幼さからのヨタヨタ歩きにも思えたが違《ちが》った。よく見ているとそれが背中を庇《かば》っての動きだとわかる。

しかしドラゴンの背中に怪我らしい怪我は見えない。

「……怪我自体はもう治っているのか？」

「そうなんですよ!!」

「おわっ！」

「この子、最初に出会った時、翼《つばさ》にひどい怪我をしていたんです！」

少女は急にシンラに詰《つ》め寄《よ》り、必死に訴《うった》えかけてきた。シンラのなにげない呟きが、大人しげな彼女の心を揺さぶったらしい。

そんな彼女の豹変《ひょうへん》ぶりに内心驚《おどろ》きつつも、シンラは頷《うなず》きながら会話を続けた。

「そういわれれば、確かに翼の根本あたりに傷痕《きずあと》が見えるな」

「はい、ようやく治ったんです！　けど、でも、でも……でも！」

「落ち着いて。治ったのに……歩き方が直らないってことか」

「そ、そうなんです！」

こちらの言葉に少女は全力で頷く。

「きっと治りきっていなくて、まだどこか悪いんです！　……でも私、どこがどう悪いのか全然わからなくて」

「……なるほど」

自らの無力を嘆《なげ》くように肩《かた》を落とす少女。その姿から、彼女がドラゴンの子供を本当に愛《いと》おしく思っているのだと、シンラは理解した。

そんな少女の優《やさ》しさに応《こた》えるべく、シンラはドラゴンをひょいと拾い上げた。

そして、しばらくそのドラゴンを観察した後、確信を持って告げる。

「大丈夫」

「え？」

「心配しなくてもこのコは大丈夫だよ」

「くる？　くるるるぅっ」

急に持ち上げられ、不思議そうな顔をするドラゴン。

「少しくすぐったいと思うがガマンしてくれよ」

言いながらシンラはドラゴンの身体を指先で擦《さす》り、それから全身を揉《も》みほぐし始めた。

「くる……くるる～～」

「あ、あの……なにを」

いやそうに身体をくねらせるドラゴン。だがそれも次第《しだい》におとなしくなっていった。

最初は不安げな表情をしていた少女も、その様子を見て表情をホッとさせる。

心なしか先ほどまで少女が纏《まと》っていた緊張感までも霧散《むさん》しているように見えた。そこでシンラは、事情を訊《き》くならいまかなと思い、少女に話を振った。

「そういえば、このコの怪我は誰が治療《ちりょう》したんだい？」

「え？　あ……はい！　わ、私がしました！」

「君が、自分で？」

「ええ。あの、やっぱり……なにか問題がありましたか？」

「いや、そういうわけじゃない。逆だ。きちんと処置されているのがわかるから、誰が治療したのか気になったんだ」

「そ、そうですか……よかった～」

少女は胸をなで下ろす。

「しかし、疑うわけじゃないが本当に一人でこれを？」

「は、はい！」

傷痕を見れば、大きな怪我だったとわかる。それにその痛みでドラゴンも大人しくはしていなかっただろう。少女一人の手で治療を施《ほどこ》す困難さは容易に想像できる。

「……大変だったろう？」

「そうですね……ちょこっと大変でした。けど、なんとかやりました！」

「すごいな、君は」

「いえ、そんな！　私はただ助けたい一心だったので……本当に大変だったのはこの子ですから」

そう謙遜《けんそん》するが、彼女がしたことは実に大したことだった。

ドラゴンの怪我を治療するなど、普通の人にはできない。

適切な治療を行う為《ため》の知識と、手負いのドラゴンへ治療を施す度量。

この二つが揃《そろ》っていないと、彼女が為《な》したことはできない。

一つを持っている者さえ稀だろうに、少女はそのどちらをも備えていたということだ。

シンラはそんな少女に興味を抱いた。

「君は若いが医師か薬師かなにかなのか？　もしくはそれを志しているような……」

「そ、そんなそんな！　滅相《めっそう》もない。これはただの独学で色々知っていただけです！」

「……独学？」

「はい！　なのでそんなに褒《ほ》められると……その、恐縮《きょうしゅく》です」

「そうなのか……ちなみにどんなことを知っていたんだい？」

「え？　あ、は、はい。えと……ノギスの葉が裂傷《れっしょう》にいいとか、ケラルの実が熱に効くとか、あとは麻酔《ますい》とか止血の仕方とか……そういうことを知っていたので。雑学が役に立ったみたいな」

（いや……それは雑学なんてレベルじゃないと思うが）

彼女が言っていることはつまり、重傷のドラゴンを回復させるだけの実践的《じっせんてき》な医学・薬学知識を個人で修めたということだった。

「あとはなんとかしなきゃと必死にやっただけなんです」

「やっただけ、か」

少女の言葉にシンラは思わず苦笑《くしょう》した。

彼女は自分が語っていることの凄《すご》さや意味をわかっていないらしい。

「なんとか怪我は治って、コドランは元気になってくれました。でも……歩き方だけが直らなくて」

そこで少女はシンラが抱くドラゴンを悲しそうに見つめる。

「……私の治し方が悪かったのかもしれません。いえ、きっとそうなんです……！　だから全然、すごくないんです」

「君はずっと一人でそう悩《なや》んでいたのかい？」

「……はい。この子がこのままだったらどうしようと思っちゃって、私のせいで……私が変に助けたりしたから……っ！」

「大丈夫」

「……え？」

「さっき『大丈夫』っていっただろう？　君がやったことは間違ってない」

「で……でも」

「このコはちゃんと治っているよ。ほら……見てごらん」

いいながらシンラはドラゴンの子供を床に下ろした。

ドラゴンはブルブルブルッと身体を震《ふる》わせると、そのままゆっくりと歩き始める。

「コドラン…………え？　え⁉　え！」

その歩き方は実にスムーズで、先ほどまでのおぼつかない足取りはすっかり消えていた。

「あ……歩けてる！　コドラン、ちゃんと歩けてる‼」

「るる〜〜！」

喜ぶ少女に、はしゃぐドラゴン。それらを見て、シンラの頬《ほお》も自然と綻《ほころ》んだ。

「い、いったいなにをされたんですか⁉　ただマッサージしたようにしか見えなかったんですが……」

「ああ、その通りだよ」

シンラが事もなげに言うと、少女はにわかには信じられないといった様子でこちらを見上げてくる。

「それはどういう……意味、ですか？」

「意味もなにもそのままの意味さ」

「？　？　？」

少女の無防備な反応と、先ほど披露《ひろう》してくれた大人顔負けの知識とのギャップが少しおかしかった。だがそれは胸のうちにしまいこんで、シンラは彼女に説明を始めた。

「怪我自体はもうとっくに完治しているんだ。ただ怪我を庇う動きが妙《みょう》な筋肉のクセになっていたんだよ。僕《ぼく》はそれをほぐしてやっただけ」

「……クセ、ですか」

「そう、ただのクセ。クセが直るまでは何度かマッサージしないといけないけれど、それだけでちゃんと直る」

「……すごい」

「いやだから、本当に身体をほぐしただけで……」

「いえ！　本当にすごいです！　だって一目でそこまでわかったんですよね？　それは……すごいですよ……すごすぎじゃないですかっ!!」

少女は熱い眼差《まなざ》しでシンラを見つめる。

「本当に、本当にありがとうございます！　あなたはいったい……——って、あぁぁっ！」

「なんだ、どうかしたのか？」

彼女は言葉の途中《とちゆう》でなにかに気付いたらしい。

急にぱたぱたと身だしなみと姿勢を整える仕草をする。それから少女はシンラへ深々と頭を下げてきた。

「ご、ご挨拶が遅《おく》れました！　私はアレサ・……と申します」

それは挨拶。

「あ。そうか」

そういえば二人は今日出会ったばかりで、自己紹介《しようかい》もまだだった。

ただしシンラは自分の紹介よりも、気になる質問を優先することにした。

「アレサか。で、アレサはどうしてこんなところに連れてこられたんだい？」

「こ、こんなところではないですが……あの、その……実は住んでいた場所にいられなくなってしまいまして」

「……それはあまり穏《おだ》やかな話じゃなさそうだな」

「そう……ですね」

こちらの言葉を受け、アレサは苦笑した。

それから言葉を選ぶようにゆっくりと質問に答える。

「居た場所を出て行かなくてはならず、困っていたところをセシリアさんに助けてもらったんです。そしてその、セシリアさんに『住む場所がないならイイ場所がある！』と連れてきてもらったのが……」

「ここだったってことか」

「はい……『ここでお世話になるように』とのことで……」

「知らない場所に連れてきてそれだけとは……ざっくりしているな」

「え、ええ」

セシリアは本当にそのくらいの説明でアレサをここに連れてきたようだった。呆《あき》れながらもシンラは『まぁセシリアだからな』と自分を納得《なっとく》させる。

(そのくらいの説明で来るこの子もすごいというか……いや、それしか選択肢《せんたくし》が無かったということか)

「……その、追われた原因はやっぱりこのコかい？」

シンラは足元のドラゴン——コドランを見る。

「君は怪我をしたドラゴンを保護して匿《かくま》った。しかし周囲の人間はそれを許してくれなかった……ってところかな？」

「え、あ……、その……」

アレサは一瞬《いっしゅん》ためらった後、コクリと頷いた。

（やはりというか、当然というか……）

ドラゴンは、魔物《まもの》だ。

そして、人にとって魔物は【害悪】。

魔物はただ〝魔物〟という理由だけで〝敵〟とみなされる。

魔物は畏怖《いふ》すべきものであり、敵視すべきものであり、排除《はいじょ》すべきもの。その魔物がどんな魔物かは関係無い。

そして魔物の味方をすれば、その者も魔物と同様に扱《あつか》われる。

敵の味方は、敵——それがこの世界に生きる人々にとっての常識。

だが、シンラはそんな常識とは無縁《むえん》の存在だった。

だからこそセシリアは、アレサとコドランをここに連れてきたのだろう。

「アレサはそんな扱いを受けてまで、コドランと離《はな》れたくないと思ったわけかい？」

ドラゴンを庇う少女に対し、人々がどんな視線や言葉を向けるか、想像に難《かた》くない。つらい出来事を想起させるだろう問いに対し、アレサは真《ま》っ直《す》ぐに答える。

「──はい。だってこの子はなにも悪いことしてないんですよ。怪我をして独りぼっちだったんです。そんな子を見捨てるなんて……出来ません」

「……優しいんだな、君は」

そして芯《しん》の強い子だ、とシンラは思った。

「そんな……私はただコドランと一緒にいたいと思っただけですから」

「でも、それは誰にでも出来ることじゃない」

「そ、そうでしょうか」

「ああ。ちなみにセシリアとは元々知り合いだったのか？」

「はっ、はい。セシリアさんは私の家と昔から交流がありまして、存じておりました。今回は事情を聞きつけた彼女が、手を差《さ》し伸べてくれたんです！」

「そういうことか」

「ええ、状況をお話ししたらセシリアさん、『いいツテがある！』と親身になってくれて、それで……」

その場で見せただろうセシリアの得意げな顔がシンラの頭に易々《やすやす》と浮かんだ。

「それで、言葉足らずにも程《ほど》がある状態でここに連れてこられたというワケか」

「そ、そうなりますね」

「なるほど、これまでの事情は一応わかった。……で、この後はどうするつもりなんだ？」

「え？」

こちらの質問が予想外過ぎたのか、アレサは目を丸くする。

「どうする、というのはどういう意味でしょうか」

「アレサはここにいたいのか？　ってこと」

「え、え？　い、いたいのか、というかそもそもいていいんでしょうか？」

「ここにはそのつもりで来たんだろう？」

「も、もちろんそうなのですが、本当にいても……」

「ああ。いたいんならいてくれてかまわない」

「え、えー……と」

魔物を抱《かか》える少女など迷惑がられ、追い返されるとでも思っていたのだろう。

それが自分自身に判断を任されるとは想像もしていなかったようで、彼女はあからさまに戸惑《とまど》う。

しかし、そもそもシンラにとって魔物どうこうは関係なかった。

それどころかシンラは、魔物を畏《おそ》れない素直《すなお》さと年齢にそぐわない知識を持った少女に出会ったばかりだが興味を引かれていた——この子だったら共に世界を楽しんでくれるのではないかと。

「僕は歓迎《かんげい》するよ――君は興味深い」

拒《こば》む理由はない。

なのであとは彼女がこの辺境の地での暮らしを受け入れるかどうかだけなのだ。

「え、そ、その……――」

性急な展開にアレサはついて行けないようだった。だが少し待つと彼女はしっかりとこちらを見つめ、綺麗《きれい》に一礼してきた。

「あ、ありがとうございます。よろしくおねがいします！」

「るる――！」

「やったねコドラン、一緒にいられるよ！」

アレサはコドランを持ち上げると、その胸でぎゅっと抱きしめた。

「こんな辺鄙《へんぴ》な森の中なんで、ありがたがられると逆に申し訳ないんだが。その辺はもうここに来るまでの道のりでわかってくれてるだろう?」

「そんな！　自然が多くて素敵《すてき》なところだと思います！」

「素敵か」

「はい！」

嬉々《きき》とした少女の瞳を見る限り、一応本心らしい。

（この子はいいところのお嬢様《じょうさま》なのかもな）

いまの屈託《くったく》のない返事と、いままでのアレサの言葉や立ち振る舞《ま》い、そして綺麗な身なり。シンラは、彼女がどこか名のある家の出だろうと察していた。

きっと先ほど名のみで姓《せい》を名乗らなかったのも、その辺の事情があってのことだろう。家を飛び出したというのも、もしかしたらその辺りに関連するのかもしれない。

（まぁその辺はおいおい教えてくれればいいか）

「それじゃあアレサ。改めてここ、シュヴァルツシルトの森へようこそ」

「はい！　本当に、よろしくお願いします」

「ちなみに僕の名はシンラ・リュウト。さすがに名前くらいは聞いてるかな？」

「…………………誠《まこと》に申し訳ございません」

丁寧《ていねい》に深々と下げられる頭。

「……いや、うん、さすがはセシリアといったところだ。ともかく、これからよろしく、アレサ」

「は、はい！　ところでシンラさん、失礼ついでに、ひとつ伺《うかが》ってよろしいですか？」

「ん？」

「あの、あの！　シンラさんは、魔物のお医者様かなにかなんですか？」

「……どうしてそう思うんだい？」

「だって先ほど一瞬でコドランの不調の原因を見抜《みぬ》いて治してくれたじゃないですか！」

あの一件がよほど衝撃的《しょうげきてき》だったのか、少し興奮気味な少女にシンラは苦笑を返す。

「だからあれは大したことじゃないといったろう？」

「いえ！　大したことです！　とんでもないことです！　ですからきっとシンラさんは魔物のお医者様ではないかと思いまして……っ！」

アレサの眼差しは真剣《しんけん》そのものだ。

「ははっ、ありがとう。でも残念ながら違うよ。僕は医者じゃない」

「そ、そうなんですか。……でも、でしたらシンラさんはいったい……」

「名乗るとすればそうだな――」

きょとんとする少女に対し、シンラは自らをこう言い表す。

「魔物使い――かな」

第一章 魔物使いのもふもふな日常

「アレサはそもそも〝魔物〟がどういう存在か、知っているかい？」

「……魔物とは、ですか？」

「そう、魔物とは……言葉にするのは難しいか？」

「えと、ですね……まもの……魔物ですよね。【魔物】とは、決まった種族や姿形を表す言葉ではなく、第五元素と云《い》われる【魔力素《まりょくそ》】を活動源とする生物群の総称《そうしょう》――」

アレサは一拍《ぱく》置いた後、すらすらと語り出した。

「魔導士《まどうし》が【魔法《まほう》】を使う為に必要な、在らざる元素と呼ばれる【魔力素】。魔物はその魔力素を糧《かて》とする生命で、一般的《いっぱんてき》な動植物とは決定的に異なる存在。その起源は謎。異界からの来訪とする説もある。現在、世界には多種多様な魔物が生息し、人間や動植物とともに大きな生態系を構築している……あっ、その、しています。……このくらいでいいでしょうか？」

「…………おぉ」

「あの、もしかして私、間違ったことをいってましたか？」

「いや大丈夫、どこも間違ってないよ。それどころか……素晴《すば》らしい」

正直、予想以上の情報量、正確さだった。シンラは素直に感嘆《かんたん》し、「まるで百科事典《エンサイクロペディア》みたいだな」という感想を零した。

すると彼女は照れるでもなく、「ならよかったです」と苦笑した。

「まぁ要するに魔物というのは、魔力素を食料とする、少し変わった生き物ってことだ。では次の質問。〝魔物使い〟というのはどんな職業だと思う？」

「えと……魔物使いとは、」

再び一拍を置き、アレサは喋《しゃべ》り出す。

「魔物使いとはその名の通り、魔物を使役《しえき》する者、またはその職業。魔物を飼い慣らし、戦闘《せんとう》や労働行為《こうい》をさせる、曲芸の猛獣《もうじゅう》使いのようなもの。……で合っていますか？」

そこまで言うとアレサは、こちらの反応を窺《うかが》ってきた。

「間違ってはいないかな。一般的な意味とイメージでは」

「一般的な……？」

「ああ。猛獣使いみたいな、というと調教や躾《しつけ》とか、ムリヤリな感じがしないかい？」

アレサが述べた言葉は知識として正しい。そして、魔物使いを自称《じしょう》する者の中には調教や輩《やから》、魔法による強制的な使役まで行う輩がいるのも確かだ。

「そうですね。でもなんか……いっておいてなんですが、シンラさんから感じるイメージとは違いますよね」

「だとしたら嬉しいかな。本当の――僕がいう〝魔物使い〟は違うから」

「違う……？」

首を傾《かし》げるアレサ。

「といっても大層なものじゃない。僕は魔物が好きだから、仲良くしたいんだ」

「魔物と仲良く……ですか？」

こちらの言葉にアレサは興味を持ってくれたらしい。彼女は小首をかしげて聞いてくる。

「そう、仲良く。人と魔物を仲良くもさせたいし、魔物たちを守りたい。何故《なぜ》なら――」

「――魔物は、嫌《きら》われてるんだもん」

シンラの台詞《せりふ》の途中、割り込んできたのは幼い声。

「魔物は嫌われモノ。魔物と仲良くする魔物使いも嫌われ者《もの》。好き好んで魔物と仲良くしようなんて考えるシンラみたいな魔物使いは、嫌われ者も嫌われ者。変人扱いだよ」

「そ、そうなんですか？」

「ずいぶんな表現だが、間違っちゃいないか」

魔物と接する魔物使いは、魔物と同様に忌避《きひ》される。魔物使いと称《しょう》したならば、人々は怪訝《けげん》な顔をするものだ。

「なるほど、そうなんですね……あの、ところで……」

アレサは相槌《あいづち》もそこそこに目線でとある方向を示す。

その先にいるのは、幼い一人の少女。

「ルリ、おはよう。いないと思ったら出掛《でか》けていたのか」

「ん。おはよう、シンラ」

「シンラさん、そちらの方は……？」

そう聞かれてシンラは現れた少女のことをアレサに紹介《しょうかい》する。

「すまない、こいつはルリ。ここのもう一人の同居人さ」

「ルリさん……………」

切れ長の目をした、アレサよりも一回り幼い少女・ルリ。

愛らしい少女はその小さな頭に、キツネ耳が飛び出したような一際《ひときわ》目を引く大きな帽子《ぼうし》を被《かぶ》っている。そしてスカートの部分には耳と合わせた装飾《そうしょく》のような尻尾《しっぽ》があった。

「かわいい………あっ……は、はじめまして。私はアレサです！」

一瞬、キツネ耳帽子と尻尾に気を取られていたアレサだが、すぐに行儀《ぎょうぎ》よく挨拶《あいさつ》をした。

「ん」

しかし、ルリは軽く頭を一回下げただけだった。

その淡白《たんぱく》な反応に心を折られたのか、アレサは少し泣きそうな顔でシンラを見てきた。

「大丈夫だよ。ルリは愛想《あいそ》がないだけだから」

「で、ですが……」

「平気、平気。口も態度も悪かったりするけど、いい子なんだよ、ほら、照れているのかルリ……ごふっ！」

シンラはルリの頭を撫《な》でようとして、逆に腹を殴《なぐ》られた。

「し、シンラさんっ⁉」

「だ、大丈夫、大丈夫。これもコミュニケーションだから……うぐっ」

「本当に……大丈夫ですか？」

「ねぇ、シンラ。来て」

「げふ、ごふっ……ん？　ルリ、なんだ、どうし、おわ――っ」

腹を抱えるこちらの様子を気にも留めず、ルリはシンラの腕を掴《つか》んできた。そして、そのまま強引《ごういん》に玄関《げんかん》の方へ歩き始める。

「ちょ、ちょっと待ってくれ。どうしたんだ」

「シンラに見てほしいものがあるんだ。だから来て」

「話が全然わからないんだが……」

「見ればわかる」

強引な物言い。有無《うむ》を言わさずというか、すでにシンラはズルズルとルリに引きずられていた。

抗《あらが》う間もなく、あっという間に外に連れ出された。

「あ、あの――待ってください！」

そこに、アレサの声が飛んできた。

「ん？」

ルリは振り向《む》き、アレサを見る。

シンラを挟《はさ》み、ルリとアレサが見つめ合う。

「わ、私も行っていいですか⁉」

「……私はシンラしか呼んでないけど」

「うぐ……」

ルリのぶっきらぼうさにアレサは一瞬《いっしゅん》気圧《けお》されかける。だがアレサはそれに負けずに言葉を返す。

「でも……行っちゃダメでもないですか？」

わずかな沈黙《ちんもく》の後、ルリが視線を落とし、

「……まぁ、来るのは勝手だから」

ぼそりと呟《つぶや》いた。

「はい！」

「るる～～！」

アレサの笑顔《えがお》に反応して楽しげに鳴くコドラン。

「ルリ、この子たちはな……」

「きっとお人よしのシンラが面倒《めんどう》見ることになった子たちでしょ？　違う？」

「いや……違わないな」

「そうなんです！　よろしくお願いします！」

「ん」

にっこりとしたアレサの笑《え》みに、ルリが頷きを返す。

「とにかくいまは急ぐの。シンラはちゃんとその子たちのこと、見てて」

「……はい」

幼いルリを先頭に、シンラたちが向かうことになったのは森の奥《おく》だった。

◆

道なき道をひたすら歩くこと数十分。ルリに連れてこられた場所は、森の奥深《おくふか》くに位置する大きな湖だった。

「すごい……素敵な場所ですね」

そこは緑に囲まれ、清らかな水に満たされた美しい場所。アレサは自然美に圧倒《あっとう》されたのか、感情を露《あら》わにする。

「こういう風景は人里近くでは見られないか。なかなかのものだろう？」

「はい……！　こんな場所、絶対にありませんよ！　特にあれです、あれ！　あれはなんなんですか⁉」

興奮気味にアレサが指さしたのは、湖面の中央。

そこに聳《そび》えるのは、透明《とうめい》な結晶体《けっしょうたい》。

湖面から突《つ》き出《で》て、上に行くほどに細かく枝分かれしていくそれは、硝子《がらす》の大樹にも見える。

奇妙《きみょう》にして美麗《びれい》な結晶《けっしょう》の造形物は、超然《ちょうぜん》とした存在感を一帯に発していた。

「あれは【魔結晶《まけつしょう》】だよ」

淡々《たんたん》と答えるルリ。

シンラは『それじゃ意味がわからないだろう』と思ったが、

「あ、あれが魔結晶なんですか！」

アレサにはいらない心配だったらしい。

「魔結晶を知っているのか、アレサ？」

「は、はい！　魔力素の結晶体のことですよね？」

「その通り。いやしかし、よく魔結晶なんてもののことを知っているな」

「そ、そうですか？」

【魔結晶】――魔力素が高純度・高密度で結晶化したものの総称。

存在自体の稀少性《きしょうせい》もあり、一般《いっぱん》に知られているようなものではない。正直、シンラはアレサが知っているとは思っていなかった。

「アレサは物知りなんだな。単に物知りと呼んでいいレベルの知識かわからないけど」

「あ、ありがとうございます。でも、たまたまです。たまたま読んだ書物に書いてあったんです」

いやいや、と恐縮するアレサ。

「それに魔結晶がこんな大きな結晶になるなんてこと、知りませんでした。書物には『巨《きょ》大《だい》な魔結晶の生成は難しい』と書いてありましたから」

「それは多分、人工生成についての記述だったんだろう。魔結晶の生成には膨大《ぼうだい》な魔力素が要《い》るからな。人為的《じんいてき》に作り出すのは難しいんだよ」

「では、自然の中ではこんな大きなものも出来るんですね」

「そう。条件が揃えば、こんな風にな」

なるほど……と、素直に感嘆の声をアレサが洩《も》らす。

彼女《かのじょ》は博学だ。だがそれを誇示《こじ》しない。

(知識が多いとそれだけ固執《こしつ》してしまったり、先入観を持ってしまったりするものだが……それらがまるでない)

つくづく不思議な子だな、とシンラがアレサについて考えを巡《めぐ》らせていた時、唐突《とうとつ》にルリがこちらの腕《うで》を強くひっぱってきた。

見ればその表情はわかりやすく不満を露わにしている。

「？　どうしたルリ。僕がアレサばっかり見ていて寂《さび》し……ごふっ！」

「ん」

こちらを殴ったことを気にもせず、ルリは顎《あご》で湖を指してきた。

「げふ、げふっ……ん？　ああ、すまん、そうだったな」

ここには、なにか理由があって連れてこられたことを思い出す。

ルリに促《うなが》され、シンラはゆっくりと湖全体を見渡《みわた》した。

「シンラ、わかる？」

「……なるほど。とりあえずわかったよ、呼ばれた理由――異変は」

「あ、あの、いったいなんのお話をされてるんですか？」

アレサがキョロキョロとこちらとルリの顔を覗《のぞ》いてきた。

「なあ、アレサはこの場所になにか違和感《いわかん》を持たないか？」

「違和感、ですか？」

「そう。見ていて、不思議に思ったり、なにか感じたりしないかい？」

「なにか、ですか……そう、ですね。あえて言えば、静かすぎることでしょうか」

アレサの答えを聞き、シンラは思わず笑みを零《こぼ》す。

「――君は知識だけじゃなく、直感にも優《すぐ》れているんだな」

「合っていた、ということですか？」

素直に「やったっ！」と喜び、はにかむアレサ。

彼女が答えてくれた通り、湖一帯は静かだった。

豊かな自然の中にあり、魔結晶が出来るほど魔力素の溢《あふ》れた地。そんな恵《めぐ》みの場だというのに、ここには生命の気配が一切《いっさい》しない。

動物も魔物の姿もまるでなく、湖一帯は静かすぎた。

「ということはこの静けさは、やはり不自然ということですか？」

「ああ」

「なるほど。でもそれはどういう意味……どうして、なんですか？」

「それはさ――」

「動物も魔物も近づきたくないんだよ、ここに。ほら、そのコも怯《おび》えてるでしょ？」

シンラの言葉をかっさらったのはルリ。いいながら彼女はアレサが抱《だ》くコドランを指さした。

よく見ればコドランはアレサの胸に顔を埋《うず》め、妙に縮こまっていた。まるでなにかを恐《おそ》れているかのように。

「あ……たしかにこの子、ここに来てからずっと大人しいです。来るまではあんなにはしゃいでいたのに……」

「ね。そして、ほら、あそこにも」

「？」

ルリが指先を動かす。アレサはその指先を目で追い、そのまま「えええええっ」と驚《おどろ》きの声を上げた。

「し、ししし、シンラさんっ！　あれ……あれはっ！」

「アレサ、怖《こわ》がらなくて大丈夫《だいじょうぶ》だよ」

「は、はい！　で、でも、そういわれてもあれはいったい……っ」

ルリが指さしたのは空――湖の上空。そこには白い靄《もや》のような物体が浮《う》かんでいた。

雲や煙《けむり》ではないその巨大な靄は空の上で、もぞもぞと怪《あや》しく蠢《うごめ》いている。

それがなんであるか見当もつかず、アレサは戸惑っているようだった。

「あ、あれは……その、生き物？　なのですか?!」

「あれは、ケセランだな」

「……〈浮遊雲子《ケセラン》〉？　それ、魔物の名前ですよね！　じゃああれは魔物なんですか？」

「ああ、魔物さ」

魔物の正確な名称《めいしょう》など常人の知識にはないはずなのだが、やはりアレサは当然のように知っていた。

「読んだ文献《ぶんけん》だと……こう、掌大《てのひらだい》の毛玉みたいな魔物のことだったと思うのですが……」

「合ってる合ってる。一匹一匹《びき》はそのくらいだよ。あれはケセランの〝群れ〟なんだよ」

「群れ？　……じゃあ、あれは何匹ものケセランが集まっている姿ということですか？」

「彼《かれ》らは長い距離《きょり》を移動する際、ああいうふうに集まるのさ」

「そうなんですか。でしたらいま彼らはなにをしているんですか？　見たところ、移動するわけでもなく……」

「なにもしてないいんだよ、あのコたちは」

アレサの疑問にルリがあっさりと返す。

「え？　なにも……ですか？」

「ん。そうだよ。あのコたち、ずっとあそこにいるだけなんだ」

ルリの言うとおり、ケセランは空に浮かんでいるだけだった。

ケセランの群れは風に流されることもなく、ただこの湖の上の位置を保ち続けている。

「離れたくないみたいですよね。ということは、ここに用があるのでしょうか？」

「そうだな。彼らが群れているということは、旅の途中のはずだ。ならきっとここには魔力素の補給のために寄ろうとしているんだろう」

動物が食料を得るように、魔物も魔力素を得なければ活動出来ない。魔力素が潤沢《じゅんたく》なこの湖は、彼らにとって最適な休憩地《きゅうけいち》のはずだ。

「ですが、だとするとなんで彼らは降りてこないのでしょう？」

「それが……わからないの」

アレサが口にした当然の疑問に、ルリが悔《くや》しげに呟く。

「それが僕を呼んだ理由でいいかい、ルリ？」

「……うん」

ルリが頷《うなず》いた。

彼女曰《かのじょいわ》く、ケセランは今朝見つけた時からずっとあの空に留《とど》まっているとのことだった。

「あの子たちはまだお腹《なか》がいっぱい、とかじゃないんですか？　お腹がすくまで待っている……とか」

「なるほど。そうとも見えるかもしれないな」

「じゃあ……！」

「ただそれだと湖に他《ほか》の魔物や動物がいない理由の説明にならない」

「あ……」

「シンラはもうわかってるの？　ケセランも、動物も魔物たちも湖に近づかない理由が」

「ああ、大体はな。あとは……実際に確かめてみるしかない」

シンラはそういうと、湖の傍《そば》まで近づいていった。

そこでシンラは右腕《みぎうで》を一振《ひとふ》りし、服の中に仕込《しこ》んでいた一条《ひとすじ》の銀鎖《ぎんさ》を取り出した。そしてその銀鎖の一端《いったん》を湖へと投げ沈《しず》める。

傍《はた》から見れば風変わりな釣《つ》り姿。そんな姿勢をしながらシンラは「やっぱりな」と呟いた。

「そんなことでなにかわかるの、シンラ？」

「ああ。みんながここに近寄らない理由がわかったよ」

「！　ホント？　ホントなの？」

「それはいったい……」

「原因はこの湖の底にある……いや、居る」

「居る……？」

「焦《あせ》るな、ルリ。いま見せるよ」

こちらに近づこうとするルリをシンラは左手で制した。そして右掌を握《にぎ》り締《し》め、銀鎖に力を込める。

次の瞬間《しゅんかん》、銀鎖が輝《かがや》く。

「シンラ、なにを――」

「シンラさん――？」

するると銀鎖を起点として湖面に波紋《はもん》が奔《はし》り――シンラの目の前で巨大な水柱が上がった。

どっばあぁああん！　と盛大な音を立てながら水飛沫《みずしぶき》が一面に舞う。

「うん――まぁこんなところかな」

「な、なにが『うん』なんだよ！」

「ししし、シンラさんいったいなにをしたんですか!?」

「銀鎖を媒介《ばいかい》にして僕《ぼく》の魔力素を湖に流し込んだんだよ。それで水を振動《しんどう》させて……」

「そ、そういう原理的な話じゃないです！　どうしてこんなことを……！」

「このくらいしないと響《ひび》かないと思ってさ――湖の底には」

「湖の、底ですか？」

「そこになにがあるの？」

「……居るのさ、そこに」

水飛沫で濡《ぬ》れた髪《かみ》を払《はら》いながら、シンラは湖面へ目を向ける。

シンラの手により波立たされた湖面。

そこにはいつの間にかもう一つ、別の波紋が生まれていた。

わずかな揺《ゆ》れから始まったそれは、すぐさま地鳴りを伴《ともな》うほどの震動《しんどう》となる。轟音《ごうおん》とともに大地と湖が大きく撓《たわ》む。それはシンラが起こした波紋の比ではない。

「きゃっ！」

「おっと、大丈夫《だいじょうぶ》か？」

「あ、ありがとうございます、シンラさん」

倒《たお》れかけたアレサの身をシンラは支える。ちなみに横のルリを見ると、彼女はこの地響《じひび》きをものともせずに平然と立っていた。

「でもこの揺れはいったい……ぇ、えぇぇぇぇぇぇぇぇぇぇぇぇ！」

「さぁ、アレサ、ルリ。原因のお出ましだ」

荒波《あらなみ》と轟音を起こしながら〝震源《しんげん》〟が湖から姿を現した。

それは、巨躯《きょく》――あまりに大きく、大き過ぎて一見して生物だと思えない程《ほど》の体つき。

けれどもそれは、歴《れっき》とした生き物だった。

湖から這《は》い出てきたその生物は、四肢《しし》を持ち、岩のような甲羅《こうら》を背負《せお》い、巨木《きょぼく》程の首を伸《の》ばしながらゆっくりと歩む。

その姿を眺《なが》めながらアレサが一言、感想を零す。

「……カメ？」

「確かに、姿形はまんまだな」

彼女が言うとおり、それは馬鹿《ばか》でかい亀《かめ》だった。

ただそのスケールがあまりに桁違《けたちが》い過ぎる。全長はゆうに五十M《メルトル》を超《こ》えており、遠目から見れば小島と言って差し支《つか》えないほどだ。

「アレサはあれがなにかわかるかい？」

「あれは……あの姿、あの大きさはきっと、アダマン・ランドじゃないですか？」

「さすが博学少女。正解だよ」

「これもたまたま知ってました！　恐縮《きょうしゅく》です」

〈鋼殻陸四肢《アダマン・ランド》〉——アレサが言い当てた通り、それがこの超硬《ちょうこう》の殻《から》を備えた四足巨躯の魔物《まもの》の名前だった。

アダマン・ランドはシンラたちが見守る中、悠々《ゆうゆう》と泳ぐ。その動きによりに湖が大きく波立ち、シンラたちの立つ地面をも揺らしていく。

「あのコ、ずっと湖底にいたんですか？」

「ああ、そうなんだろうな」

「でも、どうしてそんなところに……」

「きっと魔力補給しているうちに寝《ね》てしまったんじゃないか」

「そ、そんな理由……」

「もしかしてみんなが近寄らなかったのは、コイツがいたからってこと？」

シンラは「だろうな」とルリに頷いた。

「魔物や動物は敏感《びんかん》だからな。姿が見えなくてもアダマン・ランドの気配に気づいて、怯えて近づかなかったんだろう」

「あ！　先ほどのシンラさんの行為は、この子を起こす為《ため》だったんですか？」

「そんなところさ」

「……そうだったんですね。でもシンラさん、なんか、あの子……」

「ん？」

「また寝ちゃいそうですよ」

「んん？」

いわれて目を向けると、アダマン・ランドはいつの間にか湖の畔《ほとり》に座《すわ》り込んでいた。そして、大きく欠伸《あくび》をした後、目を閉じてしまう。

そしてそのまま微動《びどう》だにしなくなる。

「えーと、シンラさん？　寝ちゃいました、これ？」

「んー……完璧《かんぺき》に二度寝《にどね》だな、これは」

「これだと……他の子たち近づけないですね」

圧倒的《あっとうてき》な質量と、それを支える為に内包される膨大な魔力素。アダマン・ランドはただそこに在るだけで周囲に凄《すさ》まじいプレッシャーを与《あた》えてしまう。

ケセランたちをはじめとする他の魔物や動物たちが、湖を忌避する原因はわかった。しかしアダマン・ランドが去っていない以上、問題はなにも解決していない。

「そう簡単には終わらせてくれないか」

さてどうするかと思案しているシンラの視線の端《はし》で、ルリが動いた。

彼女は背負っていたリュックサックを下ろす。そしてリュックサックの留め具を外すと、少しはみ出ていた柄《え》のような棒を掴んだ。

そこから彼女がひょいと取り出したのは、巨大な鎚《ハンマー》だった。

「る、ルリさん、なんですかそれは？」

「武器、私の」

「えーと、それはなんとなくわかります！　それでなにをしようと……というかルリさん、なにしてるんですか⁉」

鉄塊《てっかい》に等しい大鎚《ハンマー》をルリはぶんぶんと素振《すぶ》りする。

「コイツでアイツをどかすの」

「えええっ！」

アレサの慄《おのの》きは当然だ。人の手でアダマン・ランドをどうにかしようなど、普通《ふつう》に考えれば無謀《むぼう》としか思えない。

だが、当のルリはやる気満々そうに鎚を肩《かた》に担《かつ》ぐ。

「だいじょぶ。ちょっと小突《こづ》いてどいてもらうだけだから」

「そ、それ、全然ちょっとのことじゃないですよ！」

「ん。アレサとシンラは離《はな》れてて」

「シンラさん！　ルリさん、全然話を聞いてくれないんですけど！」

「じゃ、行くよ」

「る、ルリさん――！っ」

アレサの制止も空《むな》しく、ルリがアダマン・ランドへと飛びかかろうとして、

「――っ、うわわあああああっ！」

その場で盛大にこけた。

「てててて……シンラ、なにするの‼」

ルリがドジを踏《ふ》んだ訳ではない。彼女の小さな足には、いつの間にかシンラの銀鎖が絡《から》みついていた。

「なにって、ルリがいきなり殴りかかるからだろ？」

「それがなんだっていうの?! コイツがいたらみんな、この湖に近寄れないんだよ！」

「だから強引に退《ど》かそうとしたのか？」

「うん！」

「でもコイツはただ寝ているだけなんだ。悪いことをしているわけじゃないだろう？」

「……それはそうかもしれない。でも仕方ないよ……！」

「仕方ない、か」

「そうだよ！」

「それでまた今度、コイツが来たら同じことをするのか？」

「――!?」

シンラが真剣《しんけん》な眼差《まなざ》しで問うと、ルリは言葉に詰《つ》まった。

「この湖にアダマン・ランドが来る度《たび》に殴って追《お》い払うのか？ じゃあコイツは……どこで休めばいいんだ」

「…………」

「シンラさん……あ、あのルリさんは」

不安そうなアレサに対し、シンラはあえて無言で首を振《ふ》った。すこし黙《だま》っていて欲《ほ》しいと。そうしてしばらく押《お》し黙った後、ルリが急に叫《さけ》ぶ。

「だって………他にどうにもできないじゃん！　仕方ないモン！　ケセランたちはいま困ってるんだよ？　シンラは力ずく以外でどうにかできるわけ⁉」

「るるるる、ルリさん⁉」

涙目《なみだめ》で叫ぶルリを見て、アレサが慌《あわ》てる。

「どうにかできるか……か」

こちらを「う～！」と睨《にら》むルリの頭を、シンラはポンとはたいた。

「じゃあ、任せてくれ」

いいながらシンラは銀鎖を手離《てばな》し、地面へ落とした。

「シンラ」

「シンラさん……？」

そして無手となったシンラは、アダマン・ランドへと近づく。

「しかしまぁ、ぐっすり寝てるみたいだな」

間近まで来たシンラは馬鹿でかいアダマン・ランドを見上げた。そのままペタペタと身《から》体《だ》に触《さわ》ってみるが、アダマン・ランドに反応はない。

ふと振り返《かえ》って後ろを見てみると、ルリとアレサが怪訝そうな顔でこちらを眺めていた。

そんな彼女らにシンラは笑みを返し、一言投げかける。

「よし——みんなで昼寝《ひるね》しよう」

「……え？」

「…………は？」

あからさまな戸《と》惑《まど》いの空気といぶかしげな表情を向けられるが、シンラは気にしない。

再び身を翻《ひるがえ》すとそのままアダマン・ランドの胴体《どうたい》に手を掛《か》けて、よじ登《のぼ》り始める。

「し、シンラさん、なにをする気ですか?!」

こちらの行動を見て、二人はさらに困惑《こんわく》の様相を呈《てい》する。

しかしシンラは質問に答えず、どでかいアダマン・ランドの身体をひょいひょいと登っていく。

そして、あっという間に頂上に辿《たど》り着《つ》く。

「よっと！」

シンラはアダマン・ランドの甲羅の上に立った。

見下ろすと、唖《あ》然《ぜん》というか呆《あき》れた顔のルリとアレサがこちらを見ていた。

「おーい、二人もこっちに来てくれよ」

「え、ええ？」

「……はぁ」

「ルリさん、私達《わたしたち》、なんか呼ばれてますけど、いったいどうしたら……きゃあっ！」

戸惑うアレサを、ルリが問答無用に抱きかかえた。

「え？ ルリさん？ 私、重くないですか？ じゃなくて、あの、これはなにを……」

「アレサ、口閉じてて――跳《と》ぶよ」

「と、跳ぶ⁈」

あたふたするアレサを無視して、ルリはそのまま跳んだ。

――大跳躍《だいちょうやく》。

「き、きゃあああああああっ――っ！」

甲羅の凹凸《おうとつ》を器用に足場として使い、ルリはたった二足でアダマン・ランドの巨大な背中に降り立ってみせた。

ルリは何事もなかったかのように抱いていたアレサを下ろす。

「――ん。アレサ、着いたよ」

「いらっしゃい、二人とも」

「はぁはぁ……はぁ……あ、シンラさん。ということはここ、アダマン・ランドの上？　る、ルリさん、いまなにを……？」

「別に。ちょっと高く跳んだだけだよ」

目を丸くするアレサにルリは事もなげに答える。

「それよりもシンラ、いったいどういうつもり？」

「？　さっきいっただろ？　みんなで昼寝しようって」

「……それ、本気なの？」

「本気さ」

胡乱《うろん》げな眼差しを向けるルリに、シンラはニヤリと笑みを返す。

そしてシンラは言葉通り、そのまま甲羅の上で寝っころがってみせた。

「……それにいったいなんの意味があるの？」

「それはひと眠《ねむ》りしたらわかるよ。昼寝にはちょっと早いけど、まぁゆったりしようじゃないか」

「え、えーと、本当に寝ちゃうんですか、シンラさん？」

「…………」

冷めた視線と困惑した眼差しを受けつつもシンラは、本当に昼寝を始めたのだった。

◆

「ん……ん。ここは……わたし……」

「ん、おはよう、アレサ」

「おはようございます……——って、あれ？　私、本当に寝ちゃってました⁉　す、すみません！」

こちらが挨拶すると、アレサは慌てて飛び起きてきた。

時刻は先ほどの昼寝宣言から数刻ほど経《た》っている。

「僕が昼寝するようにいったのに、どうしてアレサが謝《あやま》るんだい？」

「え？　あ、そ、それはそうなんですけど。でもやはり会ったばかりの殿方《とのがた》の横で、本気で寝入《ねい》ってしまうのはどうかと……」

いいながら彼女は恥《は》ずかしそうに顔を伏《ふ》せる。

「はは、なるほど。しかしアレサがちゃんと寝てくれたおかげでほら、見てごらん」

「おかげもなにも私、寝ていただけなのですが………え」

面《おもて》を上げて、ようやくアレサは周囲の光景が一変しているのに気付いたらしい。

「これって……ケセランですか？」

「ああ――ケセランだよ」

目の前に浮かび漂《ただよ》う、ケセラン。

先ほどまで空の上にいたケセランがいまは彼女の目の前にいた。

彼女はその毛玉のようなケセランを指先でつつく。するとそのケセランはほわほわと飛んでいき、すぐに別のケセランとぶつかった。

「ケセランが、こんなにいっぱい……」

そう、ケセランはアレサの目の前だけではなく、湖のそこかしこに漂っていた。

「るる～～、るるる～～」

「コドラン！　ケセランと遊んでるの？」

アレサより先に起きていたコドランはケセランたちとじゃれあっていた。

ケセランたちとコドランは交互《こうご》に追いかけあいをしているようで、甲羅の上を存分に走り回っている。

「ケセランもコドランも、あんなに怖がっていたアダマン・ランドの上なのに……」

「ケセランたちだけじゃないさ。見てごらん」

「え？……あ！」

「これがこの湖の本来の姿さ」

湖一帯には先ほどまで姿の無かった魔物や動物たちで溢れていた。

湖面に降り立つ無数の鳥。畔で水浴びをする一角獣《いっかくじゅう》。その他、様々な種類の動物と魔物たちが穏《おだ》やかに過ごしている。

「す、すごい……魔物と動物たちはケンカしたりしないんですね」

「ああ。魔物は魔力素《まりょくそ》を糧《かて》とする生命だから。むやみに人や動物を襲《おそ》わない。そして、魔物の存在が一種の緩衝材《かんしょうざい》、抑止力《よくしりょく》になって動物同士も争いを控《ひか》えるんだよ」

「だから皆《みな》、穏やかに過ごしているんですね……」

景色を眺めながら感嘆《かんたん》の息をアレサが洩らす。

「でもシンラさん、いったい私が寝ている間になにをしたんですか？」

「いや、僕はなにもしていないよ」

「…………」

ジト目でシンラを睨んでくるアレサ。

「？　な、なんだい？」

「こんなすごい変化が起きていて、なにもしてないはずないですよ！」

シンラの言葉をアレサはまったく信じなかった。

「いや、本当に……」

「本当は、どうしたんですか？」

「本当になにもしてないから……説明できないな」

どうしたものかとシンラが思案していると、ルリが「ホントだよ」と話に割って入ってきた。

「シンラはなにもしてないんだよ、アレサ」

「ルリさん……ほ、本当なんですか？」

「ホント」

コクリと頷くルリ。

「む、むむむ。ルリさんがそうまでいうならば本当だと思うのですが……」

「なんで僕の言葉は信じてくれないの……？」

「い、いえ……ほら！　ご本人がいうよりも説得力というか……でも、だって普通、信じられないじゃないですか？　なにかしたならともかく、なにもしてないだなんて」

「でも本当なんだよ。私たちが寝転《ねころ》がってしばらくしたら、一匹のケセランが降りてきたんだ」

まだ信じきれないというアレサに対し、ルリが語ってくれる。

「そしてまたしばらくしたらもう一匹降りてきたの。そしてまた少しして今度は二匹一緒《いっしょ》に降りてきて、次は四匹……そういう風にどんどん増えていって、気付いたらみんなが湖に降りてきてたんだ」

「ルリさんは寝てなかったんですか?」

「うん。横になってじっと空を見てた。だから、本当」

アレサがこちらを見て来たので、シンラは「だろう?」という風に笑《え》みを返した。

「……事実はわかりました。でも、だったらどうしてなにもしていないのに、このコたちはこんなふうに」

「なんでだと思う?」

納得《なっとく》しきれない様子のアレサに、シンラは逆に問う。

「それは……それがわからないんじゃないですかっ」

「そもそも、このコたちは怖がる必要があったと思うかい?」

「それは……だってそれはアダマン・ランドさんがいたのだから当然……」

「さっきいった通り、魔物はむやみに動物や魔物を襲わない。だとすれば……どうだい?」

そこまでいうとアレサは気付いてくれる。

「……本当は怖がる必要なんて、ないんだ」

アダマン・ランドは、他のものたちを近寄らせないようにしていたわけではない。

ただ他のものたちがアダマン・ランドに勝手に怯えて、近づかなかっただけなのだ。

アダマン・ランドが湖にいる状況《じょうきょう》は先ほどから変わっていない。ただし、ケセランたちの無用な警戒心《けいかいしん》が解けたのが、いまの状態だ。

「ケセランたちの警戒心がほぐれたのは……私たちがこのコの上で寝ていたから？」

アレサが辿り着いた結論に、シンラは頷きを返した。

無警戒に眠りこけるシンラたちとそれを許すアダマン・ランドの姿を見て、皆ここが危険ではないと悟《さと》ったのだ。

「たしかになにも……なにもしていない、ですね」

「だから最初からそういっているだろう？」

「はい……でも、すごい」

そんな会話をしていると、シンラの肩に一匹のケセランが乗ってきた。

魔力素を十分補給したケセランは淡《あわ》く光っていた。そしてさらに無数のケセランたちが集まってきて、シンラの姿を照らす。

「ケセランたち、シンラさんに感謝しているんですよ！」

「そうかな」

「はい！　絶対そうですよ！」

「だったら嬉《うれ》しいかな――おっ？」

その時、シンラたちが立つアダマン・ランドの身体が揺れた。それからアダマン・ランドは「ぐおおおおぉん」と一鳴きしてきた。

巨躯の咆哮《ほうこう》は、木々を揺らし突風《とっぷう》を巻き起こす。

「もしかして……これもそうなのかな？」

「……ですです！　アダマン・ランドさんも怖がられなくなって喜んでいるんです！　みんなみんな、シンラさんのおかげだと思ってますよ！」

こちらの呟《つぶや》きに、アレサは笑顔《えがお》でそう断言してくれた。

自分の行動をそこまで褒《ほ》められると思っていなかったシンラは、照れくささを感じながら「ありがと」とアレサに一言返した。

「でも本当にシンラさんは、昼寝だけでなんとかしちゃったんですね」

「シンラだから……できたんだよ」

「え……？」

アレサの感想に、ルリはどこか悔しそうに返した。

「シンラが寝ていたから……シンラを信頼《しんらい》している森の魔物や動物たちが姿を現し、それを見てケセランたちも安心したんだ」

「シンラさんを信頼して……」

「そして、シンラはきっと信頼していたんだ、全部を」

「全部、ですか？」

「動物や魔物たちが出てきてくれること。ケセランが降りてきてくれること。アダマン・ランドが静かに受け入れてくれることを、全部」

シンラが皆を信頼し、それに皆が応《こた》えてくれた。

その結果が、一変したこの光景。

「……すごい」

皆が穏やかに過ごす光景を眺めながら、アレサはごく自然に感嘆の言葉を紡《つむ》ぐ。

「これが――……魔物使い」

第二章 もふもふ共同生活！ 温泉付き

その後、ケセランたちは風に乗り、森を去っていった。

そして、ケセランが去るとアダマン・ランドものっそりと立ち上がり、湖を去っていった。

「あれはきっとケセランたちが去るのを、アダマン・ランドさんが待っていたんですよね？」

「そうだったのかもな」

「絶対、そうですよ！ きっとアダマン・ランドさんもケセランさんたちが近寄ってきてくれて、うれしかったんですよ！」

湖から家への帰り道。先ほどの体験をアレサが興奮気味に語ってくる。来る時の緊張気《きんちょうけ》味な姿と比べるとかなり打ち解けてくれていた。

そんなアレサとは対照的に、こちらの会話にルリが一切《いっさい》入ってこない。

「……あの、シンラさん。ルリさん、どうしたのでしょうか？」

相槌《あいづち》のひとつもないことに気づいたアレサがシンラに囁《ささや》いてきた。

「いつもだったらシンラさんに対し、色々小言というか悪態をポンポン投げてくると思うんですけど……」

「いつもって……」

シンラとルリの関係は、出会って半日程度でアレサにそう判断されているらしい。

確かに間違《まちが》ってはいないな、とシンラは苦笑《くしょう》した。

「あ。悪い意味ではないですよ！　それだけルリさんはシンラさんを信頼しているのが伝わってくる、ということです！」

「了解《りょうかい》。そういうことで」

「ほっ、本当ですよ！　……でもルリさん、いったいどうしたんでしょうか？」

「……原因はなんとなくわかるよ」

「え！　本当ですか⁉」

ひとりで先を歩き、こちらを振り向《む》きもしないルリの後ろ姿にシンラは目を向ける。

「さっきのこと、だろうな」

「さっきの……？」

そう聞いてアレサは首を傾《かし》げる。

「……あ！　さっきシンラさんがルリさんを転ばせたから、それで怒《おこ》っているんでしょうか？」

「うーん、惜《お》しい！　かな」

「違《ちが》うんですか？」

「るー？」

アレサに抱《だ》かれたコドランが「？」という感じに声を上げる。

「それじゃあ……なにが原因なのですか？」

「それは……うん、そろそろいいかな」

アレサの肩をポンと叩《たた》くシンラ。それから歩を速め、ルリの横に並んだ。

ルリはちらりとシンラの方を見たが、それ以上は反応を見せない。

シンラはそんなルリの態度を気にせず、

「気にするな——誰《だれ》だって失敗はする」

と彼女《かのじょ》へ一言、言葉を投げた。

するとすぐさまルリがこちらをキッと睨んできた。

「…………」

しかし、それ以上はなにもしない。ただ眉《まゆ》と目を吊《つ》り上《あ》げてシンラを睨むだけ。なにも言ってこない。

そんな態度の彼女に対し、シンラが取った行動は――キツネ耳帽子《ぼうし》に覆《おお》われたその小さな頭を撫《な》でることだった。

「し、シンラさん!?」

無遠慮《ぶえんりょ》なその仕草を見て、当人ではないアレサがおどおどと声を上げた。

ただルリ本人は、怒らない。

彼女はシンラの掌《てのひら》を黙って受け入れていた。

「……ごめんなさい」

さらに彼女は謝ってきたのだった。

「る、ルリさん、ごめんなさいっていうのは……」

「僕は気にするなって、いっただろう?」

ルリが気にしていること。それはシンラに転ばされたこと。

ただし彼女はひっかけたシンラに対して怒っているわけではなかった。

あの時、アダマン・ランドを排除《はいじょ》しようとした自らの〝判断〟に対して、彼女は落ち込んでいたのだった。

彼女は常人離れした〝力〟を持っていた。その力を存分に揮《ふる》えば、障害を難なく排除できる。

だが逆にいえばそれは、安易になんでも排除できてしまえるということだ。

「いつもシンラにちゃんと考えて力を使うように言われてるのに……」

「君の力は、特別で大切なものだ。だからこそちゃんと大事に使ってほしい」

「……うん。ごめんなさい」

「いいんだよ。もう自分の中で十分、反省してくれているみたいだからね」

「シンラ……」

言いながらルリはこちらに抱きついてきた。

シンラも彼女をそのまま静かに受け入れる。

「シンラ……いつもみたいにぎゅってしてよ」

顔をこちらの胸に埋《うず》めたまま、彼女がそう自然に呟いた。

しかし、そう言った次の瞬間にルリは身体を硬《かた》くした。そしてすぐさま首を動かし、後ろを見る。

するとそこには一部始終を見守っているアレサがいた。

「ルリさんとシンラさんは本当に仲がいいんですねっ」

少し照れた感じでアレサがルリに微笑《ほほえ》む。

「あ、う、こ、これは、その……う〜……違うのっ！」

叫びながらルリは、いままでひっついていたシンラの身体を突《つ》き飛《と》ばした。

「のわっ！」

「い、いつもしてもらってるわけじゃないんだよ！　ちょっと寂《さび》しい時とかにぎゅっとして欲しいなって思ったりはするけど、でも、だからいまのはつい言っちゃっただけで……っ」

弁解なのかよくわからない台詞《せりふ》を、ルリはアレサに捲《まく》し立《た》てる。それに対しアレサは「素敵な仲だと思います！」と真摯《しんし》に受け止め、応えていた。

アレサのからかいの無い眼差しに、ルリはそれ以上なにも言い返せない。

無言のまま顔を真っ赤にするルリ。それから彼女は堪《た》え切れないとばかりに急に身を翻した。

するとその勢いで、ルリの帽子が脱《ぬ》げ落ちてしまう。

「…………ルリさん？」

わずかな静寂《せいじゃく》の間の後、アレサが不思議そうな声を上げた。

そのまま彼女はルリから目を離せなくなる。ルリの、帽子が落ちた頭の上――その髪の間から覗《のぞ》く獣耳《けものみみ》から。

「……その耳って、まさか……？」

帽子が外れたのに頭に残る獣耳……その意味にアレサは一拍遅《ぱくおく》れて気付く。

「あっ！」

ルリはあわてて両掌で自分の獣耳を隠《かく》そうとするが、すでに遅い。

「ルリさんの獣耳、帽子の装飾《デザイン》じゃなかったんですか⁉」

気付いた事実を興奮気味にアレサがルリに問いかける。

「その耳、ホンモノ……ってことですよね！　もしかして、ルリさんがスゴイ力持ちなこととも関係があるんですか？」

ルリは答えない。というか、どう答えたらいいか迷っているようだった。

「アレサ。ルリは亜人《あじん》なんだよ」

黙るルリに代わり、シンラが端的《たんてき》にそう答えた。

「し、シンラっ、そのことは……っ」

「大丈夫《だいじょうぶ》。彼女に隠すことでもないし、隠す必要はないよ」

「あじん、ですか？」

「ああ。亜人種と言われる種族は多数いるが、彼女はそんな中でも特に稀少《きしょう》な……稀少だった、オウガストゥル族の生き残りなんだよ」

「亜人種……オウガストゥル族」

「博学なアレサなら、聞いたことくらいはあるかな」

「は、はい！　知ってます！」

アレサの読書履歴《データベース》に引っかかったらしく、声が一段高くなる。

「亜人種とは、特徴的《とくちょうてき》な外見や特殊《とくしゅ》な能力を持った人たちのことですよね？　そして、オウガストゥル族は獣のような耳と尻尾《しっぽ》を備えていて、凄まじい膂力《りょりょく》を秘《ひ》めた亜人種……あっ！」

いいながら彼女は、いま自分が述べた特徴がそのままルリに当てはまることに気付いたようだった。

「だからルリさん、大きな鎚を軽々と持てたり、アダマン・ランドの背中まで跳んで登れたりしたんですね……なるほど！」

「…………ん」

「じゃあやっぱりその耳も尻尾も本物なんですね！　すごい！　でもどうしてルリさんはいま、耳を隠そうとしたんですか？」

首を傾げながらのアレサの純粋《じゅんすい》な問いかけ。それに対し、ルリは目を伏せる。

「それは……ホンモノだってわかったら、みんな――」

「ルリの耳は目立ち過ぎるからな。ホンモノだって見えないようにするのがクセになっちゃっているのさ」

ルリの言葉を遮《さえぎ》り、シンラが代わりに説明した。

アレサが読んだ書物には書かれていなかったのだろうが、亜人種と人間の間には長く入り組んだ諍《いさか》いの歴史があった。

そしてまだ書物に残されるような歴史にはなっていないが、オウガストゥル族は、彼女を残していまは絶滅《ぜつめつ》してしまっている。

一族の特徴である耳をひけらかすことは、ルリにとって好ましいことではなかった。

「そうなんですか……クセ」

その歴史《こと》を知らないアレサはシンラの説明に一応納得したようだった。

「でも……でもそれはもったいないと思います!!」

「もったいないというのは?」

「だって……！」

アレサはルリをまじまじと見つめる。それから『耐《た》えきれない！』とばかりに叫ぶ。

「こんなに可愛《かわい》いんですよ！」

「……は？」

アレサの言葉にルリは目を丸くした。

だがそんな反応もお構いなしで、アレサは「かわいい、かわいい」と言いながら色々な方向からルリを覗き込む。

「な、な、……可愛いってコレが？」

「はい！　帽子姿《ぼうしすがた》が似合ってなかったわけではないですよ？　でも隠す必要は全然ないと思います！」

熱心に褒められてこそばゆいのか、ルリの獣耳がぴょこぴょこと動いている。

「あの、あの……あのですね、ルリさん」

「ん？」

「さ、触ったりしたらダメですか?!」

「ん？？」

「あ、だ、ダメですよね！　私、すごく失礼なことを言ってますよね？　すみません、なんか見ていたらちょっと触《ふ》れてみたいなって思ってしまって……つい」

言っていて無理な要求だと思ったのか、アレサは引き下がる。

「…………いいよ」

しかし当のルリはそっぽを向きながらだが、アレサに了解を出した。

「えっ！　ほ、ほんとですか?!」

「そんなに触りたかったら、別にいいよ」

信じられないという風なアレサに対し、ルリはコクリと頷《うなず》きを返す。

そして、そのルリの答えはシンラにとっても驚《おどろ》きだった。

「あ、ありがとうございます！」

アレサは深々と一礼すると、くるりと翻る。

そしてシンラの顔を見たかと思うと、そのまま腕《うで》に抱《かか》えていたコドランを渡《わた》してきた。

「シンラさん、ちょっとこの子を見ていてください！」

「え、ああ」

そして彼女は再びルリの方を向き、「失礼します！」と言いながら手を伸《の》ばした。

アレサの細い指先が、ルリの獣耳に触れる。

「んっ」

ルリも緊張していたのか、触れた瞬間《しゅんかん》に吐息《といき》を洩《も》らす。

「わ、わぁ……ホントにホントに本物なんですね」

「ホントに本物だよ」

「うわ、思った以上にもふもふしていて柔《やわ》らかくて……とっても心地《ここち》いいです」

「そ、そうかな…………んっ！」

「あ！　い、痛かったですか？」

「痛くは……ない。大丈夫」

「よ、よかった……で、でも慎重《しんちょう》に優《やさ》しく触りますね、ルリさんっ」

「……うん」

アレサは優しい手つきでルリの獣耳を触る。そしてしばらくすると指先で撫でる範囲《はんい》を広げていった。

「ルリさん、髪《かみ》の毛《け》もとても綺麗《きれい》なんですね。しかも獣耳のところと艶《つや》がちょっと違って……ほら、すごい素敵」

「あ、アレサ、そこ違うから……んっ！」

アレサは獣耳と髪の毛を同時に触り、玩《もてあそ》ぶ。ルリの髪に手櫛《てぐし》を通しながら、その頭を撫で上げた。そして彼女はさらに対象を広げていく。

「あ、あの尻尾もいいですか？　いいですよね？　あ、なんか違う毛並みの感覚が……心地いい！」

「あ、アレサ…………っ！」

そんな手つきに困りながらも、ルリは彼女を拒《こば》まない。

「いや……スゴイな、アレサは」

二人のやり取りを眺《なが》めながら、シンラは呟いた。

無論、彼女の手技に対しての言葉ではない。アレサがルリのコンプレックスを一瞬《いっしゅん》にして溶《と》かしたことに対してだった。

亜人種として迫害《はくがい》を受けてきたルリにとって、自分の獣耳は決して好ましいものではなかった。

その外見に向けられる感情はいつも侮蔑《ぶべつ》や畏怖《いふ》、そして敵意。

しかし、アレサはそれを愛らしい魅力《みりょく》だと伝えたのだった。

いままで経験のない感情を向けられ、ルリは戸惑ったようだった。しかしルリはアレサを受け入れていた。

それはアレサの熱意と素直《すなお》さからだろう。純粋な好意をさすがにルリも無下には出来なかったらしい。

（深い知識を持ち、偏見《へんけん》を持たない純粋さを備えた少女か。もしかしたらセシリアは僕《ぼく》にこそ必要だと判断して彼女を連れて来てくれたのかもな——）

「シンラさんはルリさんのお耳、触ったことあるんですか？」

物思いに耽《ふけ》っていると、不意にアレサからそう聞かれた。

「そういえば……ないな」

思い返すとルリの頭はよく撫でるが、耳はない。

彼女にとってのデリケートな部分の為《ため》、自分でも無意識の内に避《さ》けていたのかもしれない。

（凄惨《せいさん》な過去を知っているために、逆に気を遣《つか》い過ぎていたのかもしれないな）

そう反省しながらシンラはルリとアレサの傍《そば》に近づいて行った。

「ルリ、」

「シンラはダメだよ」

「え？」

こちらが聞く前にあっさり拒絶《きょぜつ》された。

「……え、ダメなの？」

「ダメだよ」

断られると思っていなかったので唖然としてしまうシンラ。

ルリはソッポを向き、顔を逸《そ》らしながら呟く。

「シンラに触《さわ》られるのは恥ずかしいから……ダメなんだよ」

◆

獣耳の一件を経《へ》て、ルリとアレサはすっかり打ち解けた。

家に戻《もど》ると、アレサとコドランが暮らす為に必要な場所づくりをルリが率先《そっせん》して仕切ってくれた。

「シンラは頼《たよ》りにならないから、わからないことがあったら私に訊《き》いていいよ」

年下なはずのルリがお姉さんぶり、アレサも「はいっ」と律儀《りちぎ》に従う。

仲睦《なかむつ》まじい姉妹のような姿をシンラは笑顔で見守ったのだった。


そして、翌朝。

「シンラさん、おはようございます！」

「るるー！」

「お。おはよう、アレサ」

コドランを抱いたアレサが元気よく起床《きしょう》してきた。

「あれ、ルリは？」

二人は部屋数の関係で一緒《いっしょ》に寝《ね》てもらっていたので訊いてみた。

「ルリさんはまだ寝ています。起こしてきますか？」

「いや、大丈夫。いつもは僕より早起きなのに珍《めずら》しいな」

「そうなんですか？」

「ああ。昨日、少し張り切り過ぎたのかもな、アレサのお姉さん役を」

結局、昨日は家全体の模様《もよう》替《が》えをするような大整理を行い、アレサの為の生活スペースを確保した。その際、力仕事を含《ふく》めて一番働いていたのは他《ほか》でもないルリであった。

「じゃあ、朝食の準備が終わったころにでも起こそうか。アレサはそれまでちょっと待っていてくれるかい？」

「はい！　あ、でしたら私、ちょっと外に出てみていいですか？」

「もちろん。なにかするのかい？」

「リハビリも兼《か》ねて、コドランにちょっと運動させてあげたいんです」

「る？」

「了解。じゃあ朝食が出来たら呼ぶから。その辺りで散歩でもしてくるといいよ」

「はい！　じゃあ行こう、コドラン！」

笑顔でそういうと彼女は外に飛び出していった。

「さてとじゃあ作り始めるか」

調理台の横に置いてある食料庫を覗きながらシンラは独りごちた。

アレサが家に来てから最初の朝食なので、少し気合が入る。

「パンとスープを基本として……あとあるのは燻製肉《くんせいにく》か。これをスライスしてサラダに加えるかな」

献立《こんだて》を組み立てながら、食料が残り少ないことにシンラは気付く。

人数がこれから三人に増えることも考慮《こうりよ》すると心もとない。『買い出しが必要だな』と思ったその時、

「きゃあああああぁ――――――っ！」


突如《とつじょ》、外から悲鳴が聞こえてきた。

「アレサ⁉」

瞬時《しゅんじ》に誰の声か気付いて、シンラは外に飛び出した。

すぐさまシンラは視線を巡《めぐ》らせてアレサを捜《さが》す。

彼女はすぐに見つかった。アレサは家のすぐそばで、コドランを抱えたまま尻餅《しりもち》をついていた。

そして彼女が悲鳴を上げた原因もシンラは同時に発見する。

捜すまでもなく〝それ〟は彼女の目の前にいた。

「し、シンラさん……っ」

腰《こし》を抜《ぬ》かしているのか、アレサはその場から動けないようだった。

しかしそれもやむを得ないだろう。

彼女の目と鼻の先には、巨大《きょだい》な獣──狼《おおかみ》がいたのだから。

そしてその狼の大きさが尋常《じんじょう》ではない。体躯《たいく》はアレサの数倍ほどはあり、その口は彼女を容易に丸呑《まるの》みできるほどに大きい。

そんな獣に睨《にら》まれれば、恐怖《きょうふ》から動けなくなってしまうのも当然だろう。

ただシンラはとりあえずアレサが無事だったことに安堵《あんど》した。

「し、シンラさん⁈　こ、来ないでください！　私は……大丈夫《だいじょうぶ》ですから！」

こちらがアレサに近づこうとすると、彼女はそう叫《さけ》んできた。見るからに強がりだとわかる。

「安心して、アレサ。僕は大丈夫。そして、君も別に大丈夫だよ」

「……え？」

キョトンとするアレサを後目《しりめ》にシンラはそのまま彼女の前に立ち、狼との間に割って入った。

規格外の大型獣。その常識外の大きさから来る迫力《はくりょく》は、見る者に畏怖を自然と与《あた》える。

しかし見る者が見ればわかる——その獣に敵意がないことが。そして、単なる野生動物ではなく、〝魔物《まもの》〟であるということが。

その大型の魔物へ向かってシンラは手を伸ばす。

「……し、シンラさん、いったいなにを——」

「昨日、教えただろう？　魔物はむやみに人を襲《おそ》わないって」

ぽむ。

ぽむぽむぽむ。

「え、あ…………ホントになにを……？」

シンラは狼の頭に掌を乗せると、大きく撫でた。

淡白色《オフホワイト》の艶《つや》やかな毛に被《おお》われた頭を、ぽむぽむぽむっとテンポよく撫でまくる。

無遠慮で無謀《むぼう》な行為《こうい》に見えるが、大狼は受け入れていた。

それどころか嬉しそうに甘《あま》えるような鳴き声を返している。

「す……すごいですね、シンラさん」

「ん？」

狼の喉仏《のどぼとけ》をくすぐっていると、アレサの声が聞こえてきた。

いつの間にか彼女は立ち上がって、こちらが狼をあやす姿を眺めていた。

「シンラさんにとっては当たり前のことかもしれません。でもやっぱりこんなふうに魔物と触れ合《あ》えるというのは……すごいと思います」

「特別なことじゃないさ。アレサだってコドランと触れ合えているだろう？」

「あ……はい。でも私は……」

コドランを見ながらアレサは寂しそうに呟く。

「その狼さんは私を襲おうとはしていませんでした。なのに私は驚いて、怖《こわ》がってしまいました。昨日、湖の一件を見ていたはずなのに……」

「未知のものに触れた時、恐怖を覚えてしまうのは仕方ないことだよ」

「ですが……」

「大切なのは、学ぶこと、そして素直さだ」

「学ぶことと……素直さ」

「そう。感情によって事実を捻《ね》じ曲《ま》げず、事実を素直に受け止め、学んで次に活《い》かすこと」

シンラは目配せし、アレサに狼の顔を見るように促《うなが》す。

「どうだい、いまもう一度見て、こいつを怖いと思うかい？」

少女はジッと狼を見つめた後、首を横に振《ふ》った。

「……もう怖くありません」

「強がりではなくて、本当かい？」

「はい！　狼さん、優しい顔をしていて……もう全然、怖くありません」

少女の微笑《びしょう》は自然なものだった。しかしその微笑みの中、一瞬だけ寂しげな表情が映り込んだ。それをシンラは見逃《みのが》せなかった。

「アレサ、どうかしたのか？」

「あ、いえ……少しこのコとのことを思い出してしまいました」

いいながら彼女は胸に抱くコドランを見る。

「こんな風にコドランのことをしっかりと見てくれた人がいなかったなって。ただちゃんと見てくれていたら、みんな怖がる必要がないとわかってくれて……仲良くできたのかなって」

「……アレサ」

しっかりとありのままを見る。言葉にすれば簡単なことが、どれほど難しいことか。

（あれから十五年……まだ人々の魔物への偏見と憎悪《ぞうお》は深い）

そう改めて認識《にんしき》し、シンラは胸の中で溜息《ためいき》をついた。しかしすぐに頭《かぶり》を振り、目の前のアレサの顔を見た。

（そんな世界でもこんな子がいてくれるんだ……救いは、ある）

こちらの視線に気づき、アレサは「？」と首をかしげる。

「どうかしましたか？　あ、あの私、変なこといっちゃいましたか？」

「いや、アレサはいい子だなって思っただけだよ」

「そ、そんな……よくわかりませんが、あの、えと、ありがとうございま――」

「ウォオオーン！」

アレサの言葉を遮り、狼が急に雄叫《おたけ》びを上げてきた。

「きゃっ！」

「おいおい、アッシュ。急にどうしたんだ、アレサがびっくりするじゃないか」

「ウォン、ウォン！」

「アッシュ……？　もしかしてそれがこの子の名前なんですか？」

「ああ。天狼族《ラグナ・ウルヴズ》のアッシュさ。って、袖《そで》を引っ張るなよ」

「アッシュさんですか。ふふ、もしかしてアッシュさん、シンラさんが私とばかり話すから拗《す》ねちゃったんじゃないですか？」

大きな口を器用に使ってシンラの服の袖口《そでぐち》を引っ張る姿は、じゃれついているように見えなくもない。

「そんな殊勝《しゅしょう》なものじゃないよ」

「でもお二人はお友達なんですよね」

「ん？　ああ、友達というか仲間というか……古くからの付き合いなのは間違いないかな。コイツ、この森に住んではいないんだが、たまにこうしてやってくるんだよ」

「わざわざシンラさんに会いにですか？　とても仲良しなんですね！」

「いや……アッシュがここに来る目的は僕じゃないんだよ」

「？」

「ウォンウォン！」

「わかった、わかった。連れて行くから」

吠《ほ》えるアッシュにシンラは掌を向け、宥《なだ》める。

「ただし朝食の準備をした後だ。そうしないとルリにどやされる」

静かになったアッシュの頭をぽむぽむと撫でながら、シンラはアレサのほうを向いた。

「というわけで、少し出かけてくるよ。飯は作っていくから、あとでルリを起こして一緒に食べてくれ」

「は、はい、わかりました！　でも、あの、どこに行くんですか？」

「温泉だよ」

「おん、せん…………？」

予想外の言葉だったらしく、アレサは意味を理解するのに数秒の間を費やしていた。

◆

一面にかかる靄《もや》は湯気。目的の温泉は森の奥《おく》にあった。

「温泉好きな天狼族《ラグナ・ウルヴズ》なんて、お前もつくづく変わってるよな」

「ウォン、ウォン！」

「わかった、わかった。やるよ」

すでに湯に入っているアッシュに促され、シンラも温泉に足を入れる。そして、シンラは手にしたブラシでアッシュの毛を梳《と》かし始めた。

「これだけの為に僕を連れてくるんだからな、お前は……」

木の桶《おけ》で湯を掬《すく》い、それを掛《か》け流《なが》しながらブラシで丁寧《ていねい》にアッシュの身体《からだ》を撫でる。

するとアッシュは心地よさそうに身体を震《ふる》わせた。

アッシュはこうして身体を洗われるのが好きで、そのためにわざわざシンラの家までやってきては、一緒に来いとせがむのであった。

時間を掛け、丁寧に全体を梳かした後、

「よし、これできれいになったろ」

合図としてアッシュの横っ腹を叩いた。

するとアッシュはのそのそと歩き出し、適当な深さの場所に座《すわ》り込んだ。器用に首から上だけを出して、湯船につかる。その顔は実に満足げだ。

「はぁ……一仕事だな」

いいながらシンラは自分の身体を見下ろす。汗《あせ》と温泉の湯で着ている服が濡《ぬ》れてしまっている。ついでに自分も湯につかろうと、シンラは服を脱ぐ。

「今度はアレサも連れてきてあげないとな」

わざわざ訪《おとず》れる人は皆無《かいむ》に等しいが、一応この温泉は森の名物だ。

なので住むことになったアレサにも案内してあげないとな、とシンラは自然に思った。

「そうだ。あとでルリに連れてきてもらお――」

「――シンラっ!!」

「んん？」

思《おも》い浮《う》かべていた人物――ルリの声が急に耳に飛び込んできた。

「あ……シンラさん」

次いで申し訳なさそうなアレサの声も聞こえてきた。シンラが振り返《かえ》ると、ルリとアレサの二人が温泉の近くに立っていた。

「なんで二人がここに？」

「ご飯ならちゃんと食べたよ！」

「いや……そういうことじゃなくてだな」

「アレサに教えてもらったの！」

「あの、すみません！　ルリさんにシンラさんがアッシュさんと温泉に行ったとお伝えしたら、行こう行こうといわれて……留守番をしてるといったのに」

「いや、別に謝《あやま》ることじゃないよ」

「そうだよ、アレサ。それに私も悪くないよ！　アッシュを洗うの手伝いにきたんだから！」

えっへんと無い胸を張るルリと恐縮《きようしゆく》するアレサ。

「なるほど。わざわざやってきた理由はわかったよ。わかったが……残念ながらもうアッシュは洗い終わってまったりとしているんだ、ほら」

手を向けた方向に見えるのは、リラックスモードで湯につかるアッシュ。

「えええええええっ！　なんで～！」

「いや、なんでもなにもだな……」

「なんで、なんで、なんで!!」

なにをそこまで楽しみにしていたのか、ルリが全力で駄々《だだ》をこねる。

「おいおい、どうしたんだ？　いつもは家で待っているだろ」

「あの……シンラさん」

ルリの駄々にシンラが頭を抱えていると、アレサがこっそりと耳打ちしてきた。

「もしかしたらなんですけど、ルリさんはシンラさんのお役に立ちたいのではないでしょうか？」

「僕の？」

「はい！　ほら、その昨日のこととかが……」

「……ああ」

いわれてシンラは、昨日のアダマン・ランドの一件を思い出した。

「きっとルリさんはなにかシンラさんの〝お手伝い〟がしたいんですよ！」

「そういうことか……気にしなくていいっていったのにな」

「なんとなくルリさんの気持ち、わかります。こう、なにかをしたいんですよ、シンラさ

ん の為に！」

「うーん、そういうものか」

アレサのお蔭《かげ》でルリが執拗《しつよう》にこだわる訳はなんとなくわかった。しかしそうなると「もう用事はない」という理由では引き下がってくれなさそうだった。

いまも「なんでなんで！」とルリは声を上げている。アッシュはくつろいでおり、もう一度身体を洗わせてはくれなさそうだ。

どうしたものかとシンラは逡巡《しゅんじゅん》し……思いつく。

「アレサ、このまま一緒に温泉に入ってもらえるかな？」

「え？」

ルリはシンラの為に〝なにか〟をしたい。

その気持ちからだとしたらルリの手伝いは、別にアッシュを洗うことでなくてもいいはずだ。

だったら〝なにか〟を頼《たの》めばいい。

なのでシンラはルリに〝お姉さん〟としてアレサと温泉に入ってもらうことを頼もうと思った。

同時に名物の温泉をアレサに堪能《たんのう》してもらえるし、名案だなとシンラは内心で自画自賛する。しかしその直後、シンラはアレサの様子が変なことに気が付いた。

「……？　アレサ、どうかしたか？」

「え！　あ、だ、だ、大丈夫です！」

「えーと……それはなにが大丈夫なんだ？」

アレサの反応の意味がわからず彼女《かのじょ》を見つめる。すると彼女は頬《ほお》を赤く染め、こちらから目を逸らした。

「あの……アレサ？」

「大丈夫です！　あの、その……私、一緒に入れます。シンラさんと」

「…………え？」

濡れた服を脱いで半裸《はんら》な自分。

『一緒に温泉に』という台詞。

頬を染めるアレサ。

彼女の言葉。

「あ」

いくつかの要素が組み合わさって生じているらしい誤解に、シンラが思い至る。

「え――と、アレサ？　その……それは誤解だ」

「……え？　誤解ですか？」

「うん。誤解。というか僕の言葉が足らなかったな。すまない」

そういってシンラは頭を下げた。

「そんな、シンラさんが謝らないでください！　べ、別にイヤとかではないですから！」

「え？」

「え……あ、そ、その、ほ、本当に誤解なんですか？　私の反応を見てやめたとかではないですか？」

「そんなことはないよ」

「み、みんなで温泉に入るのも楽しそうですし、シンラさんなら……イヤじゃないですから。シンラさんがしたいようにしてくださっていいのですよ……？」

「したいようにって……」

「本当に私は……」

純真無垢《じゅんしんむく》な言葉が、蠱惑的《こわくてき》なものに聞こえてしまう。シンラの方がなにか誤解しそうになる。

シンラは一度頭を振り、気持ちを切り替《き か》えた。

「よし……ルリ！　ちょっと用事を頼むよ！」

「いいよ！　なになに！　なにすればいいの？」

「せっかくここに来てるんで、アレサに温泉を堪能させたいんだ。僕は先に引き上げるから、彼女に付き合ってくれないか？」

「うん、了解《りょうかい》！　まかせてっ」

待ってました！　とばかりにルリは快諾《かいだく》してくれた。

よし、これで大丈夫だな……とシンラが安堵した時、水面が大きく揺《ゆ》れた。

「おわ……っ」

原因は湯船につかっていたアッシュが立ち上がったからだった。

「ウォオオン……！」

体の芯《しん》まで温まったようで、アッシュの表情は満足げだ。だがその表情を見た時、シンラはイヤな予感がした。


――ブルブルブルブルブルブルブルっ！


そして次の瞬間にはもうそれが的中した。

アッシュがその場で大きく身震《みぶる》いしたのだ。巨体《きょたい》を激しく震わせ、周囲に水飛沫《みずしぶき》を飛ばす。

「のわああああああ！」

「きゃあああっ！」

身体が巨大なだけに、水飛沫は豪雨《ごうう》のようだった。

逃《のが》れる術《すべ》はなく、シンラたちは一瞬でずぶ濡れになってしまう。

「まったく容赦《ようしゃ》も遠慮《えんりょ》もないな……アレサもルリも大丈夫だった……か」

「は、はい。シンラさんこ……そ」

お互《たが》いに目をやり、お互いの声が止まった。

シンラの身体がびしょ濡れということは、ルリとアレサもびしょ濡れということ。そして当然、濡れた服はぴったりと肌《はだ》に張りつき、透《す》ける。

アレサの肢体《したい》が薄布《うすぬの》越《ご》しに露《あら》わになっていた。服の下に隠《かく》れていた胸元《むなもと》のネックレスの美麗《びれい》な装飾《そうしょく》まで見て取れ、シンラは一瞬それに目を奪《うば》われた。

「あ、あわわわわ！　し、シンラさん、えと、あの！」

「あ……その、すまない、アレサ」

こちらの視線に気づき、恥《は》ずかしげに慌《あわ》てふためくアレサ。シンラは冷静を装《よそお》いつつ、彼女に背を向ける。

するとバシャン！　と湯につかる音が聞こえてきた。多分、アレサが身を隠すように湯船につかった音だろう。

「シンラもアレサもどうしたの？」

ルリはなにも気にせず、それどころか前に回り込んでシンラの顔を覗《のぞ》いてきた。

「……なんでもない。ともかく、あとは任せたぞ、ルリ」

「うん、アレサは任せて！」

「ゆっくり温まってもらって、ついでに服も干して乾《かわ》かしてやってほしい。頼んだぞ、お姉さん」

張り切るルリの頭を、シンラはポンとたたく。

「バタバタしてすまないが、せっかくだから温泉を堪能していってくれ」

いいながらシンラは去る前に一目、彼女を見る。

すると彼女は湯につかったまま、こちらにコクコクと頷いてくれた。

◆

「はぁ……なんか思いがけないことで疲《つか》れたな」

ドアを開け、シンラは自宅へと入る。一緒に戻ってきたアッシュはすでに家の前で日向《ひなた》ぼっこを始めていた。

温泉のドタバタで気疲《きづか》れしたシンラとは違《ちが》い、心地よさげな顔で寝入《ねい》っている。

「まったく気楽なもんだな……ん？」

「はろ〜〜」

この上なく気楽な声が家の中から聞こえてきた。奥へ目を向けると、なぜかそこにはセシリアの姿があった。

「……………なにやってんだ、セシリア」

「なにって見て分からない？　ほら、お茶」

旧友のセシリア・イングレスは、優雅《ゆうが》にお茶をしていた。

そのあまりに堂々とした様に、シンラはここが誰《だれ》の家なのか一瞬、自信がなくなる。

「もう一度訊《き》くが、勝手に上がり込んだ上に、人の家の居間のテーブルでなにをやっているんだ？」

「お茶」

彼女はティーカップを持ち上げ、こちらに示す。それに対しシンラはわざとらしく溜息をついてみせた。

「なによなによ、なんて態度とるのよ！　私とあなたの仲じゃないのっ」

「僕とお前はどんな仲だっていうんだよ」

「うーん、友達以上・親友以上？」

「……それこそどんな仲なんだよ」

「それはその……一緒に世界を救った仲、とかじゃない？」

わざとらしく首を傾《かし》げ、いたずらげに微笑《ほほえ》むセシリア。

生粋《きっすい》の美女からの極上《ごくじょう》の笑《え》み。しかしシンラはその笑みを全くありがたがることなく、むしろ辟易《へきえき》しながら適当に受け流す。

「僕がなにをいってもムダだというのがわかったよ」

「うんうん。ならよかったわ。ちなみにあなたはまだ彼のことを探している？　――十五年経《た》ったいまでも」

「――当然だろう。なにかセシリアの方でわかったのか？」

「そうじゃないけど、ね」

「……急にどうしたんだよ？」

気付くとセシリアがやれやれという風な目で、こちらを見ていた。

「ううん。あんたは変わらないなーと思っただけ」

「どういう意味だ」

「言葉通りの意味よ。あ、そうそう、ちなみにここに置いてあった朝食、美味《おい》しくいただいておいたから」

「…………それは僕の分だ」

「ごちそうさま！　きちんとお皿は下げておいたからね」

ご満悦《まんえつ》なセシリア。朝食を食べ損《そこ》ねたシンラはなにも言い返さず、そのまま濡れた服を着《き》替《が》えることにした。

別室で着替えてからシンラが居間へと戻ると、セシリアがお茶を淹《い》れてくれた。

「はい、美味しいわよ！」

「……ウチのお茶だろう？」

「美人が淹れたお茶は美味しいのよ。大切に味わいなさい」

こちらの小言に対し、セシリアは事もなげにウインクを返す。

（いつまでたってもセシリアには勝てないな……）

そう胸の中で呟《つぶや》きながらお茶を一口啜《すす》る。

「……確かに美味《うま》いな」

「でしょでしょ？　私、美人だから」

そんな風に嘯《うそぶ》く。悔《くや》しいが彼女の淹れ方が巧《うま》いらしい。

「ねぇねぇ……そういえばアレサは？」

「彼女は、温泉」

「温泉⁈」

さすがのセシリアにも予想外の答えだったらしい。シンラはいまアレサとルリが温泉にいることを説明した。

「へぇ～、さっそく仲良くやってくれてるみたいでよかったわ」

「昨日、あれだけ彼女を適当に置いていってよくいうな……」

「それはシンラのところだからよ。そう、信頼《しんらい》の裏返しってやつ！」

「はいはい」

「結構、ホントなんだけど。あ、それはともかく！　アレサよ、アレサ！」

「……なんだ、アレサがどうした？」

「あの子、いいコでしょ？」

「うん……？　いい子だけど。それがどうしたんだ？」

「でしょ～～でしょ、でしょ？」

身を乗り出しながら執拗に確かめてくるセシリア。シンラがその意図を読みあぐねていると、彼女は二人っきりなのに耳打ちするように囁《ささや》いてきた。

「だからさ、シンラの弟子《でし》にどうかなって思ったわけよ、ふっふっふ」

それは魔物使いの弟子に、ということだ。

「セシリア、お前……」

「あ。彼女が住む場所を追われて困っていたってのはホントよ。ムリヤリじゃないわ。だからこの機会は偶然《ぐうぜん》よ、偶然」

そう言いつつ彼女は不敵に笑う。

「でも……彼女、とっても素質があると思うのよね。あなたはもう気付いていると思うけど」

「まぁ……否定はしない。そもそも拾ったドラゴンの子供に好かれているんだ」

「でしょでしょ！　それに彼女、面白《おもしろ》い才能もあるのよ～」

「才能か」

「あ、その顔はもうわかってる感じ？」

「ああ。彼女は――博学過ぎる」

シンラはいいながら、彼女がこれまで披露《ひろう》した知識を思い出す。

「あれは物知りなどというレベルではない。頭の中に百科事典か博物館がまるごと入っているかのような、そういうものだ」

「まるごと、とは言い得て妙《みょう》かもね」

「あれはきっとなにか特異な才能によるものなんだろうとは思っていた」

「レアなスキルよ～。きっと魔物使いとしても役立つわよ！」

「ああ、そうだな。だがしかし、それがなかったとしても彼女は……すごいよ」

わずかだがアレサと過ごした時間を思い出し、シンラは改めて思う。

魔物という別種族とわかりあう為《ため》に必要な〝素直《すなお》さ〟。

特別な才能や強さではない。

誰もが持ち得るが、けれども得難《えがた》い資質。

魔物使いにとってなによりも大切なものを、彼女は持っていた。

「シンラもそう思うでしょ？　すごくて、いい子なのよ。きっと魔物使いに向いてるわ！」

本人でもないのにセシリアは得意げな顔をしてきた。

そんな彼女に対し、頷《うなず》きたくなる気持ちを抑《おさ》えてシンラはあえて首を横に振った。

「さっきもいったが否定はしない。しかし、どうなりたいかを決めるのは彼女だよ」

「えー～っ？　そこはもう当然のごとく既成《きせい》事実的に弟子にしちゃえば……」

「あのなぁ……」

こちらがジロリと睨むと彼女は大袈裟《おおげさ》に怯《おび》えるフリを返す。

「もぉっ！　冗談《じょうだん》なのにぃ～……てかシンラ、もう彼女の保護者で師匠的《ししょうてき》な心境になってない？」

「そんなことはない……はずだ」

「ねぇねぇ～、どうなのどうなの？　ホントはもう弟子な気満々？」

「はぁ……それよりもこっちはセシリアに聞きたいことがあるんだ」

「ん？」

「そもそも、彼女は何者なんだ？」

話題を逸《そ》らす意味もあったが、その疑問は本物だった。

「何者って、どういうこと？」

「アレサの所作を見ていたらわかる。彼女は平民の出じゃない。多分、どこか名のある家の生まれだろう」

「うーん、さすがシンラ。いい目しているわ」

こちらの目利《めき》きにセシリアが感心する。

「でもなに？　彼女がどこぞの御令嬢《ごれいじょう》やお姫様《ひめさま》だったらシンラは態度を変えるっていう

の？　それとも抱《かか》え込《こ》めないから追い返す？」

「別にそういう意味じゃないさ」

「そういう風に聞こえるけど？　聞こえますけど～？」

「……彼女の家柄《いえがら》はどうでもいいさ。僕《ぼく》が知りたいのは、彼女に帰る家があるか、だ」

責めるようなセシリアに対し、シンラは真《ま》っ直《す》ぐに言い返す。

「言い直そう。彼女は、ここにいていい者なのか？　……帰りを待つ誰かはいないのか？」

「……シンラ」

自分やルリは天涯孤独《てんがいこどく》の身であり、この家こそが唯一無二《ゆいいつむに》の居場所である。

しかしアレサがそうであるとは限らない。もしも誰かに帰りを望まれているのなら、ここに留《とど》めておくことが本当に彼女にとって良いことなのか。

シンラはそんなことを言外に含《ふく》ませていた。

そのこちらの意図を察したのか、セシリアは柄《がら》にもなく真顔になる。

そして、一瞬《いっしゅん》だけ沈黙《ちんもく》を挟《はさ》んだ後、口を開く。

「シンラ。あなたのさっきの言葉をそのまま突《つ》き返してあげるわ」

「？」

「彼女がどういう境遇《きょうぐう》であろうと何者であろうと、どこでどう生きるかを決めるのは——

彼女自身でしょう？」

ビシッと指先をこちらへ突きつけながらセシリアは断言する。

それにシンラはなにも言い返せず……苦笑《くしょう》した。

「家のこととか自分のことについては多分、アレサ本人がそのうち告げると思うからさ。それまでは待っててあげて」

「……ああ。そうするよ」

そしてその話題を切り上げる合図のように、二人は同時に笑みを零《こぼ》した。

「ただいま——！　ほら、アレサもただいまーって」

「た、ただいまー、です」

ちょうどそのタイミングで、ルリとアレサの声が玄関《げんかん》の方から聞こえてきた。

「おー〜、おかえりなさい、お二人さん」

「ん？　セシリア？」

「セシリアさん！」

家に入ってきた二人はすぐにセシリアの存在に気付く。

「お邪魔《じゃま》してるわよー」

そういいながらセシリアは椅子《いす》を立つと、驚《おどろ》いているアレサに近づいていく。そしてそのまま彼女にぎゅむっとハグをした。

「あわっ？　せ、セシリアさん？」

「アレサ、だいじょぶ？　シンラに変なコトされてない？」

「なにをいってるんだ、お前は」

「シンラさんはとってもよくしてくれてます。いろんなことがあってビックリしたりはしてますが……大丈夫《だいじょうぶ》です！」

「ならよかった。ココの生活は刺激《しげき》が強いかもしれないけど、せっかくだから楽しむのよ。そしてルリちゃんは相変わらず元気そうね」

「ん。私は元気」

セシリアは挨拶《あいさつ》した後、当然のようにルリにもハグをする。

「セシリア、やだ」

「やだって、可愛《かわい》いのに相変わらず口は悪いわね……ん？」

抱擁《ほうよう》しながらセシリアはルリの変化に気付く。

「あれ？　そういえばいつも被《かぶ》っている帽子《ぼうし》はどうしたの？」

「……べつに」

「別にって、いつもはあんな四六時中、家の中でも帽子を――」

「わかりましたか、セシリアさん！」

「わっ!!」

会話の途中《とちゅう》、急にアレサが首を突っ込んできた。

「え、えとアレサ？」

「帽子してない方が可愛くないですか？　可愛いですよね？　もちろん帽子姿も可愛いですけど、こっちの姿の方がいいってオススメしたらルリさん、取ってくれたんですよ～！」

にっこりと笑うアレサに、照れているのか目を逸らすルリ。

そんな二人の様子から、なにごとかあったことをセシリアは察したようだった。

セシリアはニヤリとしながらシンラを見てきた。

「うん。みんな仲良くできてるみたいね」

「まぁ、な」

ふふふ、と笑いながらセシリアは次いでアレサに問いかける。

「ねねね、アレサ。シンラがやってる〝魔物使い《まものつか》〟に興味持ったりした？」

「え？」

「お前は……さっきの話を忘れたのか？」

「聞くだけならいいでしょ？　ねぇ、どう、アレサ？」

悪びれないセシリアにシンラは仕方なく黙《だま》る。

当のアレサはきょとんとした後、意を決したように「はいっ！」と答えた。

「おぉ～！　だってさ、だってさ、シンラ！　いまどきこんな殊勝なコ、いないよ？　早く手をつけておいたほうが絶対に……」

「……セシリア」

肘《ひじ》でこちらを小突《こづ》いてくるセシリアをシンラは一睨《ひとにら》みして制した。

「はいはい、シンラは私に対する扱《あつか》いが厳しいわね～。ともかくアレサ、シンラに興味を持ってくれてるのは本当ってことでいい？」

「え？　は、はい！　もちろんです」

少し凛《りん》とさせた声でセシリアが聞くと、アレサはコクリと頷いた。

「なにもいわずに連れてきた私がいうのもなんだけど、ここで過ごす時間、見聞きすることはあなたにとって素晴《すば》らしい経験になるはずよ」

「……はい」

「あなたがどういう選択《せんたく》をするか、生き方をするかはわからないけれど、いままでいた世界では決して見ることが出来ない景色を見せてもらいなさい」

「わかりました！」

「でも、シンラだけだと少し心配だから、ルリちゃんもアレサのことよろしく頼むわね」

その言葉に対して「了解！」の意味だろう、ルリは親指を立てた拳《こぶし》をグッと突き返した。

「僕だけだと心配ってのはいったいどういう意味なんだ、セシリア」

「ん？　いやシンラは相当な変わり者だから」

「お前が僕を変わり者扱いするのか？」

「変わり者というか規格外？　常識外？　一応、私なりの褒《ほ》め言葉《ことば》なんだけれど」

「まったくそうは聞こえないな……」

「そう？　でもそうなのよ。あ、それよりもシンラ、そろそろお昼じゃない？　なにか出してもらえると私、すごく嬉《うれ》しいかも。ルリもアレサもお腹《なか》すいてない？」

「…………はぁ」

結局セシリアは昼食をしっかりと平らげた後、再び家から去っていった。

間章　ルリとアレサのもふもふ修行！

セシリアが去った翌日――アレサは森を歩いていた。

その前を導くように歩くのは自分よりも小さな少女ルリ。

「だいじょぶ、アレサ？」

「は、はい！　全然、大丈夫ですっ」

ルリはたまにこちらを振《ふ》り返り、様子を気にしてくれていた。

アレサはそんなルリの後ろをついていく。なぜこんなことをしているかというと、シンラの勧《すす》めからだった。

『魔物使いの仕事、というか森の中の様子をルリと一緒に見てきたらどうだい？　地味だとは思うけど、勉強になると思うから』

シンラが言っていた通り、確かに地味といえば地味だった。

家を出てから小一時間程度だが、ルリは森を散策しているだけだった。

しかし、それがつまらないというわけではなかった。

ルリがアレサの体力に合わせてゆるやかに歩いてくれているというのもあり、アレサは森の様子をゆっくり、じっくりと観察できていた。

生《お》い茂《しげ》る木々や草花、森に住む動物たちや魔物たち。

アレサは目に映る世界の膨大《ぼうだい》な情報に圧倒《あっとう》され、感嘆《かんたん》していた。

いままで知識として持ちながらも実際にそれらを目の当《ま》たりにすることのなかったアレサにとって、すべてが新鮮《しんせん》だったのだ。

（すごい、すごい……）

アレサは静かに興奮していた。

「……あれ？」

「ん？」

そんな中で、一際《ひときわ》目を惹《ひ》くものが飛び込んできた。

「もきゅもきゅ！　もきゅもきゅ！」

もきゅもきゅ鳴く、もふもふとした魔物たち。

「あれは、〈二奏狐《シンフォックス》〉。どうしたんでしょうか？」

胴体《どうたい》ほどもある、ふわふわな大きな二本のしっぽ。その特徴《とくちょう》からアレサは即座《そくざ》に彼らの種別を察した。

「……ちょっと待ってて、アレサ」

そういうとルリはシンフォックスたちに近づいて行った。そして、しばらく周囲を窺《うかが》った後、戻《もど》ってくる。

「ど、どうでした？」

「川があった」

「川？　……あ！　えと、川があって渡《わた》れず、困って集まってるということですか？」

「うん。もともとココには川なんてなかったから、いつもの道が通れない、って感じかな」

「そうなんですか？」

「ちょっと前に大雨が降《ふ》ったから、そのせいだと思う」

「なるほど……そういうことですか」

シンフォックス――二尾《び》の小さな魔物たちは、どうしたらいいかと相談し合うように

「もきゅもきゅ」「もきゅもきゅ」と鳴き合っている。

「ちょっとここにいて」

「え？」

ルリはぶっきらぼうにそういうと、辺りを適当に見回した後、歩き出す。そして、シンフォックスではなく、一本の大木へと近づいた。

「ルリさん、なにを――」

「ん」

ルリは背中に担《かつ》いだ大鎚《ハンマー》に手をかける。

次の瞬間《しゅんかん》、バギャッ！　という打突音《だとつおん》が響《ひび》き渡った。

会心の一撃《いちげき》。

倒《たお》れる大木。

アレサが両手を回しても届かないくらいの巨木《きょぼく》を、ルリはあっさりと折り倒してみせた。

「え、え、え？」

さらにルリは止まらず、近くの樹木を数本ばかり同じようにバコバコと倒していった。

木々が倒れこみ、ドン、ドン、ドンと大きな音が鳴る。

「る、ルリさん、いったいなにを……」

ルリの行動に困惑《こんわく》するアレサ。森に静けさが戻った頃《ころ》、アレサはようやくルリの真意に気づく。

「ほら、渡りな」

木々は川の上を横切るように倒れており、橋の役割を果たしていた。

「もきゅ！」

「もきゅ〜〜！」

「もっきゅ、もっきゅ、もっきゅ！」

ルリの声に従うように、シンフォックスたちは丸太の橋を渡る。

「私たちも渡ろっか」

「は、はい！」

二人で丸太の橋を渡る。アレサは恐《おそ》る恐る慎重《しんちょう》に歩を進め、ルリに支えられてなんとか橋を渡り切った。

なんとか向こう岸に到着《とうちゃく》すると、そこにはシンフォックスたちが待っていた。

「もきゅもきゅ！」

「？」

彼らはこちらに向かい、鳴きながらぴょんぴょんと跳《は》ねる。

そんな様子を見て、ルリは首を傾げていた。

「……なにしてるんだろ、このコたち」

「る、ルリさん、このコたち、お礼をいってるんですよ！」

「え、そうなの？」

「そうです！　絶対にそうですよ！」

半信半疑なルリに、アレサは自信満々に言い切ってみせた。

「そうなのかな……」

そう零すルリの顔は、けれど少し嬉しそうだった。

「ほら、お礼はもういいから。行きな。やっと渡れたんだから」

「もきゅ、もきゅ～」

膝《ひざ》を曲げ、ルリはぽんぽんと魔物たちの頭を撫《な》でるようにはたく。それを合図にして、シンフォックスたちは森の奥《おく》へと去っていった。

「こういうのも魔物使いのお仕事なんですか？」

「うん、そうだね」

「湖や温泉のこともそうですけれど……イメージと全然違うんですね」

「？　どんなイメージだったの？」

「え……えと、そうですね、魔物に首輪をする、みたいな」

アレサは恐縮《きようしゆく》しながらルリの質問に答えた。

「そうなんだ。私もシンラもそんなことはしないよ」

「もちろんそうだと思います！　お二人の魔物使いはそんなんじゃ全然なくて……魔物のなんでも屋さんみたいなんですね」

魔物のなんでも屋。魔物が住みやすいように色々と動く様を例えるには、その言葉が一番しっくりきた。

「クルック――」

そんな会話をしている最中、バッサバッサとなにかが降りてきた。

「わわわっ！」

慌てるアレサの目の前に現れたのは、ぎょろっとした眼《め》の丸っこい鳥。

「だいじょぶだよ、アレサ。この子は、ワットンていうんだ」

「ワットン……さん？　あの、この子も魔物なんですか？」

「うん。そだよ。ほら、ワットン、来な」

ルリとその鳥姿の魔物は馴染《なじ》みの仲らしい。ルリが腕《うで》を突き出《だ》すと、ワットンと呼ばれた鳥はそこに器用に留まってみせた。

「この子も森を見回ってくれてるんだよ。そしてなにかあった時は教えてくれるの」

「そうなんですか……すごい」

ただ魔物使いが助けるだけではない、魔物と魔物使いが助け合うかたち。

その関係性を見て、アレサは感銘《かんめい》を覚えていた。そんな中、不意にルリの表情が険しくなった。

「ルリさん、なにかあったんですか？」

「ん……ちょっと気になる魔物がいるみたい」

ワットンに教えられた場所を見るように、ルリは遠くへと目を向ける。

「行ってみる。アレサも、来る？」

「はい！　もちろんですよ！」

◆

「あの、ところでルリさんはどうしてシンラさんと一緒《いっしょ》にいるんですか？」

「ん？」

ワットンに示された場所へ移動する最中、張《は》り詰《つ》めた空気をほぐすための世間話。

そんなつもりの言葉だったのだが、

「ん〜〜――……？」

ルリに思った以上に深く考え込まれてしまった。

「す、すみません！　な、なんか言いにくいことでしたら大丈夫です！　というか気軽に立ち入った話を聞いてしまって……ホント、単純な疑問というか質問だったんですが」

もしかしたら不用意な発言で傷つけてしまったのではと思い、謝罪を口にするアレサ。

だが、それは杞憂《きゆう》だったらしい。

「うんと……小《ち》っちゃい頃ね。私はたくさんの仲間たちと一緒にいて、いろんな場所を旅して暮らしてたんだ。でもある時、いつもと変わらない日だったのに、みんながいなくなっちゃったんだ」

「……ルリさん」

どうやら言いにくいわけではなく、長考していただけのようで、一度話し始めたルリはすらすらと言葉を紡《つむ》いでいく。

「私は突然《とつぜん》一人になったの。みんながいなくなった理由はわからない。どこを探してもみんなを見つけることは出来なかった。どれだけ待ってもみんなが帰ってくることはなかった。どれだけ探しても仲間がいなくて、私は一人になってしまったんだと思った」

「……そうだったんですか」

「それでね、それからしばらくして私はシンラと出会ったの。独りぼっちの私にシンラは話しかけてくれた。そして、ボロボロだった私をここに連れてきてくれたんだ」

「シンラさんが……」

「でね、ここでシンラがいってくれたの。『いたかったら、いていいんだよ』って」

「……いたかったら、いて、いい」

　強制でも、保護でもない。

　シンラがルリへ与《あた》えた言葉は、選択だった。

「そういわれたから、私はここにいるの。助けてくれたシンラと一緒にいたいと思ったから」

　淡々《たんたん》と喋《しゃべ》るルリ。その口元は少し、綻《ほころ》んでいる。

「では、それからルリさんはここに？」

「うん。シンラと一緒に暮らしてる。一緒にいたいから」

「……ルリさんは選んだんですね」

　自ら選び、ルリはシンラと共にいるのだ。

「シンラさんはルリさんを救った、憧《あこが》れの素敵《すてき》な人なんですね」

「うん、シンラは――……って、アレサ！　違うよ！」

　頷きかけたルリは、そこから全力で否定する。

「べ、別にそういうことじゃないの！　シンラが一人で寂《さび》しそうだったから、一緒にいてあげてるんだよ！」

「そうなんですか？　でも素敵な関係だと思いますよ、ルリさんとシンラさんのお二人は」

「うぅ〜〜」

「好きな人と一緒にいたいと思うのはとても……」

「も、もう私の話はいいよ！　アレサも話してよ！」

「わ、私の話ですか？」

顔を真っ赤にしながらルリが逆にアレサへと話を振ってきた。

「アレサこそ、どんなところにいたの？」

「私は……ええとですね、その、とても恵《めぐ》まれた環境《かんきょう》にいたのだと思います」

「へぇ〜〜、じゃあそこは良い場所だったんだ」

「……優《やさ》しい場所、でした」

ルリの言葉をアレサは肯定《こうてい》できず、そう返した。

「なにも困ることはなく、なにも私を悩《なや》ませることはなく、なに不自由なく暮らせる場所でした」

言葉にすれば、そこはそれ以上ないほどに恵まれていた。いま思い出してもそう思う。

けれどもその場所のことを思い出すと、アレサの表情は自然と曇《くも》る。

「でも、あそこには自由がありませんでした。私が私でいられる自由が――……」

なに一つ不自由のない場所。

そこにはつまり、自由さえもなかった。

アレサがコドランと一緒にいられる自由が、なかった。

一緒にいたいと思える自由さえ、なかった。

そして、ここにはそれがあった。

「ここは素敵な場所です。来ることができて、良かったです」

言いながら自然とアレサの表情は綻ぶ。そして、それを聞いたルリも「じゃあ私と同じだね」と笑ってくれた。


そんな会話をしている内に、アレサたちは目的の場所に着いた。

「ここが……そうなんですか？」

「うん。ここがワットンのいってた場所」

「ここがいったい……変なところはなさそうですが」

「森の外からやってきた魔物が居ついちゃってるんだって。それで元々、ここを縄張《なわば》りにしてた魔物たちが困ってみたい」

「縄張り……あそこのことですか？」

アレサが指差したのは、一際目を引く大きな樹木。樹木から魔力素《まりょくそ》が溢《あふ》れていることをアレサは肌《はだ》で感じ取っていた。

「あの巨木の魔力素を餌場《えさば》とする魔物たちが近寄れないで困ってるんだってさ」

「なるほど……それでその他所《よそ》から来た魔物というのはどこに――」

「ブォオオオオオオオオン！」

二人で樹木に近づくと、突如《とつじょ》として鳴き声が響く。そして次の瞬間、アレサに向かってなにかが突進《とつしん》してきた。

「アレサっ」

「きゃっ!!」

咄嗟《とつさ》にルリに抱《だ》きかかえられるアレサ。ルリはそのまま跳躍《ちょうやく》し、衝突《しょうとつ》を回避《かいひ》する。

「あ、ありがとうございますっ」

「ん」

ルリに抱きかかえられた格好のままアレサはお礼をいい、それから突如現れた相手に目を移す。

視界が捉《とら》えたそれは、巨大《きょだい》な猪《いのしし》。

ただそのスケールからして、ただの猪であるはずがなかった。そしてその額には特徴的《とくちょうてき》な角が生えていた。

「あれは……〈一角火猪《ホーン・ボアー》〉！」

アレサはその魔物の名を即座に言い当てる。

一角火猪《ホーン・ボアー》――特徴的な角を備えた巨猪は、一目見てわかるほど興奮していた。ブルブルと鼻息を荒《あら》くし、アレサたちを凝視《ぎょうし》している。

荒々しい敵意がアレサの肌に刺さる。

「アレサ、離《はな》れてて」

ルリはアレサを下がらせると、庇《かば》うように前に出た。

「気を付けてください、ルリさん！　ホーン・ボアーは――！」

言葉が途切《とぎ》れる。猪が再び突進してきた。

「ん！」

ルリはアレサの位置を気にしつつ、猪の攻撃《こうげき》を避《さ》ける。

避けられたホーン・ボアーは旋回《せんかい》し、ルリへ向かい再び全力で駆《か》ける。

避けるルリと駆けるホーン・ボアー。その攻防《こうぼう》が数度続く。その様を見ていて、アレサは違和感《いわかん》を持ち、叫《さけ》んだ。

「ルリさん、そのホーン・ボアー……なにか変です！」

「変って、どういうこと？」

「ホーン・ボアーは額の角から炎《ほのお》を出して、それを威嚇《いかく》や攻撃に用いるんです」

「炎……魔法《まほう》ってことだよね」

「はい！　そんなに興奮しているのにそれを全然使ってきません！」

ルリは突進を器用にいなしつつ、猪を見つめる。

「ありがとう、アレサ。教えてくれて」

「？　ルリさん⁉」

そういうとルリは、アレサにとって想定外の行動を取り始める。

背中に担いでいた大鎚を地面に突き刺《さ》すと、彼女《かのじょ》はそれをそのまま手放した。

武器を捨て、無手となるルリ。

「え⁈　なにをしてるんですか？　――ええ？」

さらに彼女は回避行動をやめ、その場に立ち止まる。しかし、それによって猪の突進が止まることはない。

当然のごとく、そのままホーン・ボアーはルリに直撃《ちょくげき》した。

ドンッ！　という音が響き渡り、起きた衝撃《しょうげき》の強さを物語る。

しかし、ルリは吹《ふ》っ飛《と》ぶことなく、ホーン・ボアーをしっかりと受け止めていたのだった。

「あ、え、え、……ル、ルリさん……っ！」

「心配しなくてもだいじょぶ。私、頑丈《がんじょう》だから」

絶句しかけるアレサに、ルリは変わらない口調で諭《さと》してくる。

信じがたいが強がりではないことはルリの様子が証明していた。

少女の小さな体は微動《びどう》だにせず、いかにも重たそうな巨猪の体躯《たいく》をがっちりと押《お》さえ込んでいる。

「ほら、落ち着いて。私たちはあなたの敵じゃないよ」

武器を捨てた掌《てのひら》で、ルリは猪の頭を撫でる。

けれども魔物は大きく体を震《ふる》わせると、ルリの手を弾《はじ》いて距離《きょり》を取った。

そして再び、雄叫《おたけ》びとともに突進の姿勢を取る。

「ブルォオオオオオオオオオオオン！」

けれどもルリの態度は変わらない。

ルリは両手を広げ、猪の突進を受け入れる姿勢さえ示す。

「る、ルリさん……！」

「だいじょぶ。私は敵じゃないよ」

向かい合う、ルリとホーン・ボアー。

どれだけかの静寂《せいじゃく》の後……猪は突進の姿勢を崩《くず》し、その場にどっかりと座《すわ》りこむ。

それは猪が完全に戦意を喪失《そうしつ》し、こちらへの警戒《けいかい》を解いた証《あかし》だった。

「る……ルリさん、無茶《むちゃ》しすぎです!!」

緊張《きんちょう》の糸が解けると、アレサはルリにすぐさま走り寄った。

「ん?」

「ん？　じゃないですよ！　なにしてるんですか！」

「アレサなら知ってるでしょ？　オウガストゥル族は頑丈なんだよ」

「知ってます！　でも……そういうことじゃありません！」

「？　――わっ」

そのままアレサはルリを抱きしめる。

「本当に心配したんですよ？　……大丈夫なら、よかった」

「……ん」

オウガストゥル族は人間離れした膂力《りょりょく》と体力を持っている。けれどもアレサの両手から伝わるのは、まだルリが小さな少女だという感触《かんしょく》だった。

アレサの抱擁は、ルリが「そろそろいいかな？」というまで続けられた。

それから二人は改めてホーン・ボアーと向かい合う。

「それにしてもこの子、どうしてこんなことをしていたのでしょうか？」

「――なにかそうせざるを得ない理由がある、と考えるべきだろうね」

「……え？」

唐突《とうとつ》に聞こえてきたのは、シンラの声。

「シンラさん⁈」

「シンラ」

振《ふ》り向くと、いつの間にかシンラがそこにおり、「やぁ」といいながらこちらに近づいてきていた。

「ワットンが僕にもここのことを教えてくれたんだよ」

質問するよりも先にシンラがこちらの疑問に答えてくる。

「シンラさんは、この子の行動の理由がわかるのですか？」

「ああ。おおよその予想は。だが一応、確かめさせてもらおうかな」

「フゴっ⁈」

そういうとシンラは無遠慮《ぶえんりょ》に巨猪へと近づいていく。それに気づいたホーン・ボアーが警戒するような声を上げた。

身構えそうになる猪。けれどもシンラは気にせず、ホーン・ボアーへただ笑《え》みを向けた。

そしてそのまま掌を向け、猪の頭を撫でる。

「フゴっ、フゴフゴっ……！」

シンラはそのまま猪の体全体を探《さぐ》るようにさする。そして最後に当てたのはお腹。そこを念入りに撫でるのを見て、アレサはハッと気づく。

「もしかしてその魔物は……身重なのですか?!」

「それって赤ちゃんがいるってこと？」

「そう。その通りだよ」

こちらの言葉にシンラは頷《うなず》き、同意した。

「その子は森の外から来たっていう話ですよね。では、そんな大変な状態でやってきたということですか？　どうしてそんな……」

「理由はわからない。けれど身重の状態でわざわざやってきたということは、もともと住んでいた場所をなんらかの事情で追われたと考えるべきだろう」

「そんな……」

「出産には膨大なエネルギー——魔力素が必要になる。そんな中でようやくこの魔力素が潤沢《じゅんたく》な場所を見つけたんだろう」

「だから他の魔物を追《お》い払《はら》って、陣取《じんど》ったんだ」

「！　一角の火を使わなかったのもそういう理由ですか？」

「ああ。多分、魔力素を消費したくなかったんだ。出産のためにな」

習性に合わない不可思議な行動は、産まれてくる子のためだったらしい。

「そうだ、ルリ」

「？　なに、シンラ？」

シンラはホーン・ボアーから手を離すと、ルリに歩み寄る。

不思議そうにシンラを見上げるルリ。そんな彼女の頭をシンラは優しく撫でた。

「な、な……なに⁉」

突然の行動にルリは目を丸くする。けれども身をよじったりはせず、シンラの掌を受け入れていた。

「よく頑張《がんば》ったな。暴力に頼《たよ》らないで」

「み、見てたの⁉」

「ああ。見てた」

どうやらシンラは自分たちとホーン・ボアーとのやりとりの一部始終を眺《なが》めていたらしかった。

「ず、ずるいよ、シンラ！」

「割って入る隙《すき》がなかっただけでわざとじゃないぞ。でもルリ……本当によく頑張ったな」

「……別に、大したことじゃないよ」

ルリは照《て》れ隠《かく》しのようにそっぽを向く。しかしその表情は褒められた嬉しさを隠しきれていない。

「シンラが教えてくれたことでしょ」

「……嬉しいこといってくれるな」

お互《たが》いを尊ぶ、あたたかな空気が生まれる。だがそんな時、突如としてホーン・ボアーの雄叫びが上がった。

「ブオオオオオオオオオオオオオオオ――ン」

「――え?!」

すぐさま目を向けると、ホーン・ボアーは巨体《きょたい》を震わせ、断続的に呻《うめ》き声《ごえ》を上げていた。

「ど、どうしたんですか――って、えええええ?」

さらに重ねてアレサは驚《おどろ》きの声を上げてしまった。ホーン・ボアーの巨躯《きょく》に銀鎖《ぎんさ》が絡《から》みついたからだ。

その銀鎖を放ったのはシンラ。銀鎖はホーン・ボアーの体を何重にも括《くく》る。

「シンラさん⁉　え？　な、なんなんですか？　え？」

「驚かせて悪い。でもこれは必要な処置なんだ」

「必要な処置、ですか？　というよりもホーン・ボアーさんは急にいったい、どうしたんですか？」

「ああ……どうやら陣痛《じんつう》が始まったようだ」

「え、ええええええええ？」

「アレサ、うるさいよ」

「す、すみません！　でも陣痛ということはつまり……」

「赤ちゃんがこれから生まれるってことでしょ？」

「そういうことですよね！　だ、大丈夫《だいじょうぶ》なんでしょうか、いえ、大丈夫ですよね？」

「あー……そうだな、大丈夫ではないかもしれないな」

「え、えええええええええ！」

シンラの答えが予想外で、アレサは再び大きな声を上げてしまった。

「……シンラ、もしかしてそれは私とのやりとりのせい？」

「いや、それは正直関係ない」

ルリの心配をシンラはばっさりと切った。

「このホーン・ボアー――彼女はここに来るまでに傷つき、体力と魔力素を相当消耗《しょうもう》している。出産は万全《ばんぜん》の状態でも母体にとっては重い負担だ。この状態で出産するのは好ましくはない」

「そんな……」

話を聞き、アレサはシンラが猪に銀鎖をかけた意味を理解した。これはホーン・ボアーが暴れて無用な体力を消耗させないように押《お》さえつけているのだ。

しかし、鎖で暴れるのを止めることは出来るが、出産自体を止めることは出来ない。

では、どうしたらいいのか？

その問いに対し、アレサの脳裏《のうり》に選択肢《せんたくし》が浮《う》かぶ。

だが〝それ〟はどちらもなんらかの犠牲《ぎせい》を伴《ともな》う選択肢《モノ》だった。

「心配しなくてもいい。僕《ぼく》が力を貸す」

アレサの心に湧《わ》いた不安を拭《ぬぐ》うように、シンラが宣言してきた。

そして同時に彼《かれ》の持つ銀鎖に光が帯びる。その光がホーン・ボアーの体を柔《やわ》らかく照らし出す。

「この光は……」

「シンラの魔力素だよ」

鎖を介《かい》し、シンラの魔力素が母体を温かく包み込《こ》む。

「まさか……シンラさん」

アレサはここで先ほどの台詞《せりふ》の真意を理解した。

シンラは出産に必要な分の魔力素を、母体へ分《わ》け与えようとしているのだ。

「ああ……そのまさか、さ」

「そんな！　それは無茶です！」

辿《たど》り着《つ》いた結論からアレサは思わず叫んでいた。

「無茶、かい？」

「そうですよ！　魔物《まもの》と人では魔力素の許容量が全然違《ちが》うんですよ？　そんなことしたらシンラさんが……」

シンラが銀鎖を自由に操《あやつ》り、湖を波立たせた様を見ていて、アレサは彼が魔力素を操る術《すべ》を持っていることは察していた。

けれども人の持つ魔力素量は、それを生命源とする魔物と比べれば微々《びび》たるもの。

故《ゆえ》に魔力の枯渇《こかつ》した魔物へ人間が魔力素を分け与えるなど、干上《ひあ》がった泉にコップ一杯《いっぱい》の水を垂らすような無意味な行為《こうい》なのだ。

行えば瞬《またた》く間《ま》にシンラの魔力素が空っぽになり、卒倒してしまうとアレサは思った。

しかしシンラはそんなアレサの予想と知識を上回る。

「僕は大丈夫だよ、アレサ」

銀鎖を輝《かがや》かせながら、シンラは笑いかけてくる。

「僕は少し変わった身の上でさ――なんというかその、まぁ……魔力素量にだけは自信があるから」

説明としてはあまりにも不十分なシンラの物言い。

けれどもアレサはそれ以上問わなかった。単純に、シンラを信じることにしたのだ。彼ならば、決してこちらに不誠実な嘘《うそ》はつかないだろうと。

そんなこちらの判断を知る由もないシンラは、猪から目を逸《そ》らさず言葉を続ける。

「ただ二人にちょっと手伝ってほしいことがあるんだ。なにしろ僕はここから動けない。……いいかな？」

「もちろんです！　なにをすればいいんですか？」

「なになに？　なにをすればいいの？」

シンラの申し出に即座に同意する。

「ありがとう。じゃあさっそくルリは綺麗《きれい》な水を汲《く》んできてくれ。アレサにはいまからいう薬草を摘《つ》んできてほしい」

「了解《りょうかい》だよ！」

「はい！」

その場を離れられないシンラに代わり、アレサとルリは駆けだした。

◆

森の中で探してきた薬草を、アレサは携帯《けいたい》しておいた簡易道具を使って慎重に煎《せん》じた。

そしてルリが汲んできてくれた綺麗な水で母体を拭《ふ》き、アレサはその煎じた薬をホーン・ボアーへ塗布《とふ》していった。

「こんなに傷ついて……いったいなにが」

ホーン・ボアーに触《ふ》れながらアレサは、その身体《からだ》が傷だらけなことに驚いた。

それは自然に負った擦《す》り傷《きず》などだけではなく、何者かに攻撃されたような切り傷や刺し傷もあった。

「つがいとなるオスの姿もない。こんな状態でわざわざ住居を移す必要性はない……理由はあまり楽しいものではないだろうな」

「………」

なにがあったかと想像を巡《めぐ》らせ、意気消沈《いきしょうちん》するアレサ。

「アレサ、考えても仕方がない。いまはただ自分たちができることをこの子にしてやろう」

「……はい！」

「――ウォオオン！」

アレサの返事と同時に、いままで落ち着いていたホーン・ボアーが大きな声を上げた。

銀鎖に被《おお》われた巨体も震えている。

「し、シンラさん！　こ、これは……！」

「いよいよ……だな」

ホーン・ボアーが母親として全身全霊《ぜんしんぜんれい》の力を出しているのがわかる。そして、母体から羊膜《ようまく》に包まれた小さな身体がわずかに姿を現す。

正に命が産み落とされる瞬間が間近に迫《せま》っていた。

「あ、ああ――！」

興奮からアレサは感嘆《かんたん》の息を零《こぼ》す。しかし、そんなホーン・ボアーの様子を見ていたシンラが「拙《まず》いな」と口にした。

「え、え？　なにが拙いんですか？」

「やはり――体力が足りてない。本来ならいまの力みで産み落とされるべきだったんだが
……」

シンラの不安を証明するように、赤子の前足と頭は再び見えなくなっていった。

「そ……そんな！」

「魔力は僕から供給できるが体力自体はそうはいかない。このまま産み落とせず、長期戦となれば、彼女の体力が底をつき……最悪は命を落としかねない」

「ど、どうしたらいいんですか⁉」

「………」

沈黙《ちんもく》の後、シンラはアレサの目を見ながら言ってきた。

「アレサ、君が手を貸してあげてくれ」

「はい──って、え？　わ、私が、手を？　ですか？」

「そうだ。とりあえずはまず、母親を宥《なだ》めて」

「あ、は……はい！」

アレサは息を荒くするホーン・ボアーに寄《よ》り添《そ》い、その身体を擦《さす》る。呼吸に合わせ背中を擦ってあげると、ホーン・ボアーは少し落ち着きを取《と》り戻《もど》した。

「よし、そのまま次の陣痛のタイミングで、出産をサポートしてあげてくれ」

「それは赤ちゃんの前足が見えたタイミングで、出てきやすいように引っ張ってあげることですよね？」

「流石《さすが》だね、その通りだよ。足りないのは本当にあと、ひと押しなんだ。そのもうひと押しがあれば、あとは自然に産まれるはずだ」

「…………」

アレサはシンラの言葉に黙《だま》って頷く。

母体から一度は頭を現しているのだ。シンラが言うとおり、あとほんのひと押しなのだとは、アレサにもわかる。

わかる――だが、アレサの心は不安でいっぱいになっていた。

『もしうまく出来なかったら』『自分が失敗してしまったら』『自分のせいで子供が亡《な》くなってしまったら』……そんな考えが錯綜《さくそう》する。

（こんな時、どうしたらいいんだろう――なにか、なにか）

頭の中に蓄積《ちくせき》された膨大《ぼうだい》な知識をひっくり返し、アレサは役に立つことを探す。だが混乱した頭ではなにが適切かわからない。

（なにか、なにか、なにか、なにかなにかなにか――）

「――アレサ」

そんな内心のパニックを察したのか、シンラが声をかけてきた。

「もしもやりたくなかったらいってくれ。やらなくても、いいんだから」

「――え」

冷たく突《つ》き放《はな》す言葉――ではない。

「考えすぎなくていいんだ。ただ君が出来ることを全力で、こいつと子供のためにしてほしい」

「シンラさん……」

「出来る、出来ないなんて考えなくていい。ただ君が望むことに従ってくれ」

「私が、望むこと――」

シンラの言葉を反芻《はんすう》するうちに、体の震えが消えていた。

不安がなくなったわけではない。けれども不安だからやらないという選択肢が、アレサの中から自然と消えていた。

いまアレサの心にあるのは、必死に世界に生まれ出ようとする命の手助けをしてあげたいという気持ちだけだった。

そして次の瞬間《しゅんかん》、ホーン・ボアーの陣痛が改めて始まった。

巨猪が力を入れるタイミングに合わせ、シンラが魔力素を送り込む。それが後押《あとお》しとなり、母体はさらに力みを増し、我《わ》が子《こ》を産み落とそうとする。

「ヴォオオオオオオオオオオオオオオン」

そして赤子もまた、本能に従い、必死で外の世界へと出ようとする。

赤子の身体がわずかに母体から出た瞬間、アレサは両掌を使って、導く。

どれだけ力を入れたか、わからない。

全力を振《ふ》り絞《しぼ》って引っ張った気もするが、わずかに手を添えただけだったかもしれない。

無我夢中《むがむちゆう》で、自分がなにをしたのかわからなかった。

けれども、その結果は一目でわかった。


――目の前で、新たな命が産み落とされていた。


「きゅいぃ～～ん」

すぐさま産声《うぶごえ》が周囲を満たす。

小さな身体からハッキリと元気な声が上がっていた。

アレサが手を貸そうとするが、ホーン・ボアーの赤子はよろよろとしながらも一人で立ち上がる。

そしてそのまま横たわる母親へと擦《す》り寄っていった。

「ブォオォ～～ン！」

母親が鳴き声を上げると、それを真似《まね》るように赤子も鳴いた。

「きゅぉお〜〜ん！」

「アレサ、その子に母親のミルクを飲ませてやってくれないか？　本来は母親が吸うように促《うなが》すんだが、その体力がなさそうだ」

「はい、わかりました！」

アレサは猪の赤子に手を添える。そしてまだハッキリと目が見えないらしいその子を、母親の乳まで誘導《ゆうどう》した。

「ほら、たっぷり飲んでね」

しばらく経《た》ち、十分に乳を飲み切った赤子はその場でそのまま眠《ねむ》りについた。そして、その頃《ころ》には体力を使い切った母親も寝入《ねい》っていた。

すでに母親の身体からシンラの銀鎖は解かれている。

「おつかれさま、アレサ」

「あ………シンラさん」

シンラに声をかけられ、そこでアレサは自分がホーン・ボアーの母子の姿をぼーっと見続けていたことに気づいた。

「アレサのおかげで、母子ともに無事だよ」

「そんな、私はなにも……」

「さすがにくたびれたかい？」

「なんか張っていた気が抜《ぬ》けてしまったみたいで……シンラさんのほうがずっとずっとがんばってたのに、すみません」

　アレサは自らの腑抜《ふぬ》けを恥《は》じる。なにしろシンラは最初から最後までずっと、そして産後の授乳中までも魔力素を供給し続けたのだ。

　自分がしたのはあくまでも補助的なもので、一番の功労者はシンラだとアレサは思っていた。

「ありがとう。でもアレサも本当によくがんばってくれた。そんなに汚《よご》れるまで」

「え？」

　視線を下げ、アレサは自分の姿を見つめる。いつの間にかアレサの服は、シンラの指摘《してき》通り汚れきっていた。

「あ、はは。なんか服がすごいことになってますね」

「服だけじゃないぞ」

「え――え、え、え？」

シンラはこちらへ手を伸《の》ばすと、そのまま頬《ほお》に触れてきた。肌を触れられ、シンラの体温が指先から伝わってくる。

「え、えと、シンラさん？」

気恥《きは》ずかしく、頬が上気するのがわかる。けれども無下に顔を逸らすことも出来ない。

な、なにかされちゃうの、私……っ⁉　――などと内心わたわたしていると、シンラの指先が動いた。

「ほら――ここまで汚れてる」

シンラの指先が、アレサの頬をなぞる。そして、その指先についた泥《どろ》をアレサに示した。

「あ……あー～、シンラさんはそれを取ろうとしてくれてたんですね。……なるほど」

「ああ。？　どうかしたのか？」

「いえっなんでもないです！　なにかされるかもとか、なにされるんだろうか、全然思いませんでしたから！」

「そ、そうか？　ならいいが」

「はいっ……とにかく、よかったです。こうして無事、産まれてくれて」

一息ついてからアレサは改めて、ホーン・ボアーの親子を見た。

そして、ごく自然に目を離せなくなる。

「──あれ？」

いつの間にか、視界が磨《す》りガラスを通したようにぼやけ、滲《にじ》んでいた。

そう思った時には頬に一筋、涙《なみだ》が流れていた。

「どうして涙が──……」

無論、悲しいわけではない。

心の底から嬉《うれ》しく、安堵《あんど》していた。

けれどもこの涙は、ただの嬉し涙ではない。

いままでになかった経験。その場に立ち会えた偶然《ぐうぜん》。未知への恐《おそ》れや不安。極度の緊張。それから解放された安堵。そして、わずかでも自分の手を貸せた喜び。

それらが心を揺《ゆ》さぶり、一言では表せない感情が自分の心を満たす。

「シンラさん、私……私はどうしちゃったんでしょう」

自分自身の心境を纏《まと》められないアレサの肩《かた》を、シンラが叩《たた》く。

「無理に心を言葉にする必要はない。心が泣きたいんだったら、ただ涙を流せばいい」

「………はい」

アレサはいままで多くのことを識《し》ってきた。膨大な書物や文献《ぶんけん》を読み、知識を得た。

生命の誕生や出産に関することも、知識としては十全に備わっていた。

自分は世界のすべてを知っているような、そんな気さえアレサはしていた。

けれどもそれが錯覚《さっかく》で、知った気になっていた自分を知ることができた。

（なにも知らない自分。そして、この人はきっと私の知らない世界をずっとずっと知っているんだ）

「……すごいな」

この人と一緒《いっしょ》にいたら、もっと多くのことに触れ、もっともっと多くの素敵《すてき》なことに出会えるのではないだろうか。

「シンラさん、私も――」

一緒にいたい――そう言おうとしてアレサは口を噤《つぐ》んだ。

シンラと共に暮らし、魔物たちのために働く。

そんな夢想をして――アレサは即座《そくざ》に掻《か》き消《け》した。それが決して叶《かな》わない望みだと、気付いてしまったから。

「シンラ～～！」

アレサが心を抑《おさ》え込んだ時、ちょうどルリの声が聞こえてきた。

「あっ、ルリさん」

「あれ？　あれ？　もしかしてもう産まれちゃったの？」

「さっきね。母子ともに無事だよ」

「ええええ〜〜！　そうなの」

水を汲み終えたルリは周囲の魔物たちに、ホーン・ボアーの事情を説明して回ってくれていたのだ。

出産のタイミングを逃《のが》したルリは少しふてくされた。だがホーン・ボアー親子の寝姿《ねすがた》を見ると「でも、良かった」と呟《つぶや》いていた。


いつの間にか日が傾《かたむ》き、一日が終わろうとしていた。

今日の出来事を振り返《かえ》り、アレサは穏《おだ》やかな気持ちになった。

いままでにない経験は、いままでになく楽しかった。

もし望んでいいのならば、ここにずっといたいと思った。

もし選んでいいのならば、シンラたちと共にいたいと思った。

けれどもそれが許されないことを、アレサは誰《だれ》よりもよく知っていた。

自分に流れる血が、それを許さない。

だからアレサはそっと——自分の心に蓋《ふた》をした。

第三章　魔物使いのお仕事

一角火猪《ホーン・ボアー》の出産に立ち会ってから数日後。シンラは森を出て、近くの村へ下りることにした。

「あの、本当についていっていいのでしょうか、私？」

「どうしてそんなことを聞くんだい？」

「えと、あの……いまから村に行くんですよね？　だとすると、その……コドランは」

少女は胸に抱《だ》く子供龍《こどもりゅう》に目を落とす。コドランは主人の視線に反応し、首を傾《かし》げてくる。

「ああ、なるほど」

シンラはアレサの心配がどういったものかを察した。

「だいじょぶだよ、アレサ」

「ルリさん？」

不安げなアレサに、ルリは担《かつ》いだ大鎚《ハンマー》をポンポンと叩いてみせる。

「アレサは私が守ってあげるから」

「あ、ありがとうございますっ！　あの、でも、なんか私がしてる心配とはなんか違う気がします。私が思っているのは……」

「だいじょぶ」

ルリはアレサにグッと親指を突き立《た》てた拳《こぶし》を見せていた。

「ハハ、いやでもアレサ。ルリの言うとおり、心配しなくても平気だよ」

「……………はい」

一応頷いてくれたが、アレサはまだ納得《なっとく》できていないようだった。

「それに今回は食料の買い出しのほか、服やらなにやらアレサに必要な物も買わなきゃいけないからさ。本人についてきてもらわないと」

「お手間をお掛《か》けして……ありがとうございます」

「その辺はセシリアに任されたことだから気にしないでくれ」

アレサが恐縮《きようしゆく》して縮こまる。

ちなみに彼女《かのじよ》はいま天狼族《ラグナ・ウルヴズ》・アッシュの背中に乗っている。かなり遠慮《えんりよ》されたが村までの距離と彼女の体力を考慮《こうりよ》し、納得してもらった。

背中に乗るアレサを揺らさないように気遣《きづか》ってか、アッシュは丁寧《ていねい》に歩を進めている。

「あの、シンラさん」

「ん、どうした？」

「シンラさんとセシリアさんは……どういったご関係なのですか？」

「どういった関係？」

どう答えたものかと思い、シンラは腕《うで》を組んだ。それをどう誤解したのか、アレサが慌《あわ》てて言葉を足してきた。

「あ、その、別に深い意味で聞いたんじゃないんですよ　ただお互いをよくご存じのようなので、どういった仲なのかという素朴《そぼく》な疑問で……」

「昔の旅仲間、というのが一番適当かな」

「──旅、ですか？」

「そう。旅の途中《とちゅう》で出会って、そこからの腐《くさ》れ縁《えん》みたいな感じかな」

「シンラさんは昔、旅をしていらしたんですか？」

「ああ。セシリアと出会ったのはアレサぐらいの年《とし》の頃だったかな」

「私くらいの、年」

アレサの中でひっかかるフレーズだったのか、彼女は反芻するように呟く。

「あ、あの……その頃のこと、詳《くわ》しく教えてくれませんか？　私と同じくらいの時、セシリアさんやシンラさんは……っ」

「別にいいんだが……いまは時間切れみたいだ」

「時間切れ？」

キョトンとするアレサに対して、シンラは周囲へ目を向けるように促す。

いつの間にか、辺りの雰囲気《ふんいき》が変わっていた。鬱蒼《うっそう》とした森を抜け、視界の開けた平野に出たのだ。

丘《おか》を下った先には、人の手により整備された道路も見える。

「そろそろ村に着くぞ、二人とも」

「は、――はい！」

村が近いことを知ったからか、緊張《きんちょう》した面持《おもも》ちとなるアレサ。コドランを抱く腕にも力が入るのが見ていてわかる。

「そんな心配しなくても平気だよ」

「は、はい……でも」

「大丈夫《だいじょうぶ》。いまから行く場所は、君がいた場所とは違うからさ」

努めて明るく、シンラは言う。

それでも不安を一掃《いっそう》できない彼女に向けて、シンラは言葉を継《つ》ぐ。

「あそこの人たちは、魔物を怖《こわ》がらないんだよ」

◆

シンラが目指していたのは、ミドゥー大陸の東部辺境にある小さな村。

ミドゥー大陸はシンフォニア王国、フィズ教国、グラヴド帝国《ていこく》、自由都市連合《ネクサス・フラット》の四つの支配域に分かれており、この周辺はシンフォニア王国の領土だった。

東部も東部、王国の端《はし》っこも呼べる場所にあるのが、いまから向かうヴィレッド・ビレッジ《村落》だった。

「ようやく到着《とうちゃく》、と」

轍《わだち》がついた道の横に、村の入り口を示す案内板が立っていた。その前にアッシュがのっそりと座《すわ》り込む。アレサがお礼を言いながら背中から下りると、アッシュはそのまま身を丸めて眠り始めた。

「アッシュはここで留守番か。村へは僕らだけで行くとしよう」

「え？　アッシュさん、このままでいいんですか？」

「ああ。ムリヤリ起こして連れて行くこともないからさ」

「いえ……そうではなく、その」

「ん？　……ああ、なるほど」

そこでシンラは彼女がなにを心配しているのかに気づく。

「さっきも言っただろう？　この村の住人は魔物を怖がらない。だからここにアッシュを置いていっても大丈夫なんだよ」

「だいじょぶだよ、アレサ！」

「お二人を疑うわけではありませんが、でも……！」

「まあ、ここで説明してても埒《らち》があかないから、とりあえず村に入ろうか」

「えっえっえっ？　ちょっとシンラさん?!」

戸惑《とまど》うアレサの背中を押し、シンラは村の中へと連れて行く。背に当てた掌《てのひら》から、彼女がガチガチに緊張していることが伝わってきた。

これほど警戒《けいかい》しているということは、おそらくかつてコドランを巡って大勢の人々から非難されたことがあるのだろう。そうならばここまで怯《おび》えるのは仕方ない。

「あ、あの、シンラさん、本当に……！」

「怖がらなくて大丈夫だよ。ほら、そんな力を入れているとコドランも苦しそうだから」

「え……？　あっ！」

無意識のうちに力んでいたのだろう、彼女はコドランを抱く腕を緩《ゆる》めた。

「ご、ごめんなさい、コドラン！」

「るるる〜〜」

そんなやりとりをしている内にシンラたちは村の広場に来ていた。

人が溢《あふ》れかえるような栄えた街ではないため、必然的に部外者は目立つ。いくつかの視線がシンラたちに自然と集まる。

アレサはコドランの姿を隠すことなく胸に抱いていたので、視線を感じた瞬間にひどく焦《あせ》り始めた。だがそれも長くは続かない。

「…………あれ？」

「ほら、いったとおりだろう？　大丈夫だって」

シンラが得意げに訊《き》くと、アレサは目を丸くしながらコクリと頷《うなず》いた。

明らかに何人かの村人はコドランの存在に気づいていた。しかし、それに対して特に反応はない。

魔物の存在が騒《さわ》がれない状況《じょうきょう》が彼女は信じられないようだった。

「しんら〜〜っ！」

アレサが呆然《ぼうぜん》としているさ中、無邪気《むじゃき》な声が響《ひび》いてきた。

シンラが振り返ってみると、愛らしい少女が子犬を連れてこちらへ駆《か》け寄ってくるのが見えた。

「お、サラか」

シンラは見知った少女の名を呼ぶ。

「お知り合いなんですか？」

「ああ。ほらサラ、挨拶《あいさつ》できるか？」

「うん！　わたし、サラ・グリーンです。お姉ちゃん、こんにちは！」

「こ、こんにちは。私はアレサですっ」

年端《としは》もいかない少女に人見知りしておどおどと返すアレサ……というわけではなく、彼女は自分が抱《かか》えるコドランに少女が怯えないかと、及《およ》び腰《ごし》になっているようだった。

「——あれ？」

そんなアレサがなにかに気づく。そのまま彼女は横に立つシンラの腕をぐいぐいと引っ張ってきた。

「なんだなんだ」

「なんだ、じゃないですよ！　シンラさん、このサラさんが連れている子犬さん……！」

アレサは横目で少女が連れている子犬を盗《ぬす》み見る。

「アッシュさんと同じ、天狼族《ラグナ・ウルヴズ》ですよね‼」

「さすがはアレサ、一目でわかるか」

「わかりますよ！」

「……いや、普通《ふつう》わからないんだよ。子供の時にはサイズの違いがないから、見た目で天狼族《ラグナ・ウルヴズ》と子犬を見分けることなんて」

　一見すると可愛《かわい》い子犬にしか見えないが、アレサの指摘は正しい。それはつまり彼女が一瞬《いっしゅん》で対象の本質を見抜《みぬ》いたということだった。

「本当に……すごい眼力だよ」

「え？　そ、そうなんですか？　すぐわかると思うんですけど………ではなく！」

　こちらの本心からの感心にもつられず、アレサは改めて詰《つ》め寄ってくる。

「つまりこの子、天狼族《ラグナ・ウルヴズ》……魔物ですよね？」

「ねぇねぇお姉さん、この子がどうかしたの？」

　こちらの会話を聞いていたサラが子犬を持ち上げて、アレサへ向けてきた。子犬は「くぅ？」と首を傾げてアレサを見つめる。

「えと、その、あの……」

「いや、お姉さんにこの子が天狼族《ラグナ・ウルヴズ》だって教えていたんだよ」

そういうと、アレサが慌てた様子でシンラに耳打ちしてくる。

「し、シンラさん。サラさんはこの子が天狼族《ラグナ・ウルヴズ》——魔物だって知っているんですか？」

「もちろん」

「うん、知ってるよー！　そのうち、すっごく大きくなるんでしょ？」

「わ、さ、サラさんっ。なるほど……では、ちゃんと知ってらっしゃるんですね……そのことを」

いいながらアレサはサラの前にしゃがみ込んだ。

するとちょうどサラとコドランの目線が合う。

「わぁ！　この子、なに？　ドラゴン？　名前は？？」

「るるる——」

「……コドランっていうんだよ」

「コドラン！」

「サラさんは……コドラン、怖くない？」

「？　なんで？　全然、怖くないよ？」

「ありがとう。あの、サラさんだけじゃなくて、お父さんとかお母さんとかもこの子のこと、怖がらないかな？」

「もちろん、大丈夫《だいじょうぶ》だよ！　パパもママも怖がったりしないよ！」

「そう……ですか？」

「うん！　だってみんな仲良くできるってシンラが教えてくれたから」

そういうとサラは両手で持つ子犬を、コドランへ近づけて見せる。

「ねぇ、その子とレオ、一緒に遊ばせてあげてもいい？」

「もちろん！　その子、レオくんっていうんだね。コドランをよろしくね、レオくん」

二人揃《そろ》ってコドランとレオを地面に放す。

「るるーるる――っ！」

「わぅわぅ、わぅわぅ！」

すると天狼族《ラグナ・ウルヴズ》とドラゴンの子供たちはさっそく鳴き合い、じゃれ始めた。

その光景を見ながら、アレサが言葉を零す。

「本当にここの人たちは……魔物《まもの》を怖がっていないのですね」

「だろう。わかってくれたかい？」

「はい！　サラさんの言葉と眼差《まなざ》しで……信じることが出来ました」

「……ならよかった」

アレサの安心した表情を見て、シンラも自然と笑《え》みが零れた。そのまま二人で遊びまわる魔物の子供たちを眺《なが》める。

そのうちにサラも二匹《ひき》の輪に加わり、一緒に遊び出した。

近くを通る村人たちもそんな子供たちの姿を穏やかに見守っていた。

温かで優《やさ》しいひと時が流れる。

しかし――それは予期せぬ激しい怒号《どごう》により、あっけなく終わりを告げた。

周囲の人々やサラやコドランたちはその場で動きを止め、身を固めていた。

「し、シンラさん、これは――」

「あっちの方らしいな」

アレサに訊かれた時、シンラはすでに状況把握《じようきようはあく》を終えていた。

「だね。あそこ、村長さんの家だよね」

「ルリ――……て、お前」

横から割って入ってきたルリの姿を見る。彼女はもぐもぐと串焼《くしや》きを頬張《ほおば》っていた。

近くにいないと思ったら、彼女は一人、露店《ろてん》で買い食いをしていたらしい。

「行く？」

「ああ。もともと村長には挨拶しようと思っていたからな」

それからシンラは怯えているサラに安心するように一言いうと、そのまま村長の家へ赴《おもむ》いた。

そして村長宅の前に着くと、扉越《とびらご》しに複数の男たちによる野太い怒声《どせい》が洩《も》れ聞こえてきた。

「やっぱりここ――この中からで間違《まちが》いないみたいだな」

怒声はさらに続く。

「我々が魔物を退治してやるといっているだろう！」

「そうだ、そうだ！　魔物が棲《す》みついたと聞いてわざわざやって来たというのに！」

「魔物排斥《まものはいせき》は王国民の義務であり、人類の務めだろう!!」

怒声の内容を聞き、アレサの顔が蒼白《そうはく》となる。

「こ、これはいったい……」

「あまり楽しい会話ではないみたいだな」

さらに数度、同じような内容の罵詈雑言《ばりぞうごん》が聞こえてきた。それから静かになったかと思うと、急に扉が乱暴に開かれた。

家の中から出てきたのは、デコボコな印象の二人組だった。

一人は大柄《おおがら》で、古風な甲冑《かっちゅう》を着込《きこ》んだ騎士風《きしふう》の男。もう一人は小柄でフード付きの黒いローブに全身を包《つつ》んだ痩身《そうしん》の男だった。

「話にならん！　次に来る時までに頭を冷やしておくがいい!!」

「ハイザック様、お待ちください！」

「ええい、さっさと来んか、グリドル！　行くぞ！」

どうやら騎士風の男が主《あるじ》で、小柄な男が部下らしい。

「す、すみません！　では隣街《となりまち》まで戻りましょうか」

「うむ、こんな田舎《いなか》には長く留《とど》まれん！　馬車は用意してあるのだろうな」

「当然でございます！　四輪箱型《キャリッジ・タイプ》の馬車ですから、くつろいでお戻りいただけます！」

「おお、それは用意がいいな。さっさとこんな村から出るぞ」

「は、はい」

グリドルと呼ぶひょろりとした男を付き従えて、ハイザックが肩を切って歩き始めた。

「ええい、見世物ではないぞ！」

騒ぎを聞きつけ、村長宅の周りには人だかりが出来ていた。

騎士が周囲に睨《にら》みを利《き》かせると、アレサは身を逸《そ》らした。彼女はいま胸にコドランを抱いている。この者たちにコドランの存在を知られたら、とアレサは怯えたのだろう。

だが当の二人組はすぐそばの少女がドラゴンを抱いているなど知る由《よし》もなく、シンラやアレサの横を素通《すどお》りしていく。

だがそのまますんなりと騎士たちが去ることにはならなかった。

「わんわん！　わうん！」

二人が歩いて行った先に、サラとレオがいた。そしてレオは見慣れない二人に興奮してか、彼《かれ》らに吠《ほ》えたてた。

「無礼な犬だな！」

「まったくです、ハイザック様に吠えたてるなど無礼千万ですぞ！」

騎士たちはレオの正体が自分たちの忌《い》み嫌《きら》う魔物だとわかっていないようだった。だが彼らは小さな子犬に見える存在に対しても、大人げなく敵意を露《あら》わにする。

それを敏感《びんかん》に察し、サラがレオを拾い上げて抱きしめる。

「れ、レオを虐《いじ》めないで……！」

「躾《しつけ》がなっていないな……この私を誰だと思っている」

「わ……わからないよ」

不遜《ふそん》な男の問いに少女は怯えながらも必死に言葉を返す。

「我は、シンフォニア貴族のハイザックだ」

「そう！　この方は貴族のハイザック様だぞ！　王国貴族に対してのその行いは万死《ばんし》に値《あたい》する不敬――」

「うむ。よってこの場で断罪するぞ――少女」

そう言うと貴族を名乗った男は腰《こし》の剣《けん》を引《ひ》き抜いて振りかぶった。

にわかに信じがたい男の言動が本気だとわかり、村人たちは悲鳴を上げる。

しかし突然《とつぜん》の出来事と恐怖《きょうふ》から誰も動けない。

騎士の剣は躊躇《ためら》うことなく空を切り、即座に少女と子犬を切《き》り裂《さ》く――はずだった。


「それはさすがにやりすぎだ、貴族様」


少女の身から血は流れない――無慈悲《むじひ》な剣は宙で止まっていた。無論、騎士が寸前で良心に駆られたわけではない。

その刀身には、銀鎖《ぎんさ》が絡《から》みついていたのだ。

「な、なんだこれは……ぐっ！」

「だ、大丈夫ですか、ハイザック様っ⁉」

「うるさい！　うぉおおおおおおおぉ……！」

貴族騎士は血相を変えて剣を振りぬこうとする。だが剣は微動《びどう》だにしない。

「ぐ、う、……っはぁ！　はぁっはぁっ！　はぁっ……おうわっ！」

男が息切れした瞬間《しゅんかん》に鎖が解《ほど》ける。そのままバランスを崩《くず》し、男は無様に尻餅《しりもち》をついた。

倒《たお》れた男の前に鎖の持ち主――シンラは飄々《ひょうひょう》と近づいて行った。

「その鎖は……これは貴様の仕業《しわざ》か！　いったいなんの真似だ!!」

「なんのもなにも、急にあんなことをしたから本気で斬《き》るのかと思ってしまって」

「私は本気だった！　私の行動を邪魔《じゃま》するとは……」

「本気？　シンフォニア貴族様ともあろう方が、こんな辺境の村娘《むらむすめ》一人、子犬一匹に本気になったというのか？　それこそ冗談《じょうだん》が過ぎる」

「き、貴様、ハイザック様に向かってなんという口を……！」

「ちょっとした躾のつもりだったんだろう？　だったらもう十分じゃないか」

シンラの無遠慮《ぶえんりょ》な言動にグリドルは慄《おのの》く。そんな男を捨て置き、シンラはハイザックへ目を向ける。

怒《おこ》るハイザックと視線がぶつかり、睨み合《あ》う。

そのまま無言の時間が流れ――先に痺《しび》れを切らして動いたのは、ハイザックだった。

「フンッ！　興《きょう》が削《そ》がれた。行くぞ、グリドル！」

「え？　あ、は、はい！」

「我が慈悲《じひ》に感謝するのだな、無礼者どもめ！」

ハイザックはそう言い捨てると立ち上がり、その場を去っていく。

周囲から安堵の息が漏《も》れたのは、男たちの姿が見えなくなった頃だった。

「――サラっ！」

アレサはサラに駆け寄《よ》るとそのまま抱きしめた。

まだ放心状態の少女をアレサは優しく労《いたわ》る。

「シンラ、いいの？　あいつら、このまま放っておいて。なんかする？」

「いや、ルリ……相手が引いてくれたんだ、今回は見逃《みのが》してやろう」

それからシンラはサラが落ち着きを取《と》り戻《もど》した頃を見計らい、「本当によく頑張《がんば》ったな」

と声をかけた。

それに対し、サラは気丈《きじょう》に答える。

「レオは友達だから。友達を守るのは当然なんだよ！」

「さ、サラさん……っ」

その言葉にアレサは心底感動したようで、サラを改めてギュッと抱きしめる。

「アレサ、抱きつき過ぎ。サラ、苦しそうだよ」

「え？　ああっすみません！　でも、でも私、感動してしまって……」

「アレサお姉ちゃん、泣いてるの～？」

そんな様子を微笑《ほほえ》ましく眺めてから、シンラは男たちが去っていった方向へ目を向けた。

そして呟く。

「……厄介《やっかい》なことにならないといいんだがな」

◆

「おお、シンラくんじゃないか！　よく来てくれたな」

それからシンラとアレサは二人組が出てきた村長宅を改めて訪《おとず》れた。

恰幅《かっぷく》のいい初老の男――ヴィレッド・ビレッジの村長は、シンラを笑顔《えがお》で迎《むか》えてくれた。

「村長、お久しぶりです。なんか騒がしかったですが……大丈夫ですか？」

見たところ村長に怪我《けが》はなく、部屋が荒《あ》らされている様子もない。シンラは村長の無事に内心、胸を撫《な》で下《お》ろした。

「ああ、さっきのことじゃな。とりあえず座ってくれ。わしも少し落ち着きたいからな」

村長に促《うなが》され、シンラとアレサは部屋のソファに座る。なおルリはいまサラとレオを念《ねん》の為《ため》、家まで送り届けてくれていた。

村長が呼ぶと、避難《ひなん》していたらしい村長の奥《おく》さんが来て、お茶を用意してくれた。

出《だ》されたお茶を飲み、一息ついてからシンラは切り出す。

「さっき出てきた二人組は何者ですか？　シンフォニア貴族を名乗っていましたが」

「その通りじゃよ」

「つまり……ホンモノ？」

「ああ、シンフォニア貴族とその付き人じゃよ。貴族の紋章証《エンブレム》も見せられたからの。間違いない」

「なるほど。紋章証《エンブレム》を」

王族や貴族にはそれぞれ一族や家系ごとに家紋《かもん》たる〝紋章《もんしょう》〟が定められている。

その紋章が刻まれた衣裳《いしょう》や装束、装飾《そうしょく》は総じて【紋章証《エンブレム》】と呼ばれ、他者の紋章を作成・所有することは禁じられていた。

故《ゆえ》に紋章証《エンブレム》はそのまま所有者の身分と家柄《いえがら》を表すものとされている。

「村長がいうならホンモノの紋章証《エンブレム》で、ホンモノの貴族だったんだろう。しかし、それならそんな貴族様がなんでこんな辺境の村に？」

「彼らは、【騎士の巡歴《じゅんれき》】をしているそうじゃよ」

「……相変わらず貴族はいらんことをしているな」

「あ、あの……それはなんですか？」

アレサが手を上げ、恐縮気味に訊いてきた。

「主に貴族の二男や三男が、箔付《はくづ》けのために行う旅、といったところかな」

「箔付け、ですか……？」

騎士となる者が通過儀礼《ぎれい》として、または己《おのれ》の資質を問う試練として各地を旅することを【騎士の巡歴】と呼ぶ。旅の中で守るべき民を知り、人助けなどの徳を積むことを目的としたものだ。

だが、家督《かとく》を継がない貴族の長男以外が行う前提の為、道楽的な漫遊《まんゆう》となっているのが実態だった。

「ともかくあの貴族たちはそういった旅の途中らしい。そして、この村の近くに魔物が棲みついたという噂《うわさ》を聞きつけてわざわざやってきたそうじゃよ」

旅の土産話《みやげばなし》でも作りに来たのだろう、と村長は苦笑《くしょう》しながら言い足した。

「それはまたご苦労なことで……しかし、彼らはなぜであんな暴言を吐《は》いて帰っていったのです？」

「ああ、あれか。いやなに、やつらは村長のわしに恩着せがましく魔物退治を申し出てきたんじゃよ。しかも謝礼を要求しながらのう」

「それはなかなか図々《ずうずう》しい要求ですね」

「…………酷《ひど》い」

苦笑するシンラの横で、アレサが神妙《しんみょう》な面持ちで呟く。

「あのような者がシンフォニアの貴族とその付き人だなんて……それで村長さんは彼らになんて答えたんですか？」

「無論、断ったよ。じゃが彼らは退《ひ》かなくてのう。勝手にやろうとする勢いじゃったので、仕方なく魔物退治などされては困ると説明したのだ。そうしたら大男が急に怒鳴《どな》りだしてな……」

「それがあの罵倒《ばとう》ですか……」

「魔物がこの土地に欠かせない存在だとはわかってもらえんかったよ」

「魔物が欠かせない存在……？」

村長がいった言葉をアレサが不思議そうに口にした。

魔物と村人たちが馴染《なじ》んでいるというのはすでに実感していたが、『土地に欠かせない』という意味がアレサの中で腑《ふ》に落ちなかったらしい。

そんなアレサの疑問に対し、村長はにこやかに説明を始めた。

「ああ、村がこうして穏やかに暮らせるのは彼らと――シンラくんのおかげなんじゃよ」

「シンラさんの……？」

「そう。魔物とシンラくんにこの村、ヴィレッド・ビレッジは救われたんじゃ！」

拳を握《にぎ》り締《し》め、興奮気味に語る村長。彼女はその勢いに気圧《けお》されてか、少し仰《の》け反《ぞ》った。

「あ……あの、シンラさんはなにをされたんですか？」

「う〜ん、なんていったらいいかな」

腕組《うでぐ》みをし、逡巡《しゅんじゅん》の後にシンラは口を開く。

「アレサは魔物が〝魔力素《まりょくそ》を活動源とする生命〟だということを知っているよな」

「は、はい」

「ちなみに〝魔力素〟についても詳しく知っているかな？」

「え、えと、はい。世界に遍在《へんざい》し、循環《じゅんかん》している不可視の力にして粒子《りゅうし》と仮定されるチカラの総称《そうしょう》ですよね？ イングレス魔導《まどう》学派では、世界を構築する火・水・風・土の四大元素以外の【第五元素】と定義して呼ばれているもの。魔導士が魔法を扱《あつか》う為の源、という理解でいいですか？」

すでに想定内ともいえたが、アレサは正確で的確な知識を披露《ひろう》してくれた。

「その通り。人にとっては魔法を使う際に必要な、魔物にとっては生きるために欠かせないもの」

「……はい」

「それはつまり魔物たちにとっての魔力素は、水や空気と同じような存在であるといえないか？」

「同じような……つまり同格の存在、ですか」

こちらの説明に対し、アレサの姿勢が段々と前のめりになっていく。

「水や空気が淀《よど》めば、土地も淀む。当然、魔力素も淀む」

「魔力素も水や空気と繋《つな》がっている。生態系を形成する要素として影響《えいきょう》を及ぼし合っているということですか？」

「そうだ。なら逆に考えれば、魔力素を活性化させれば他の四元素を活性化できると思わないか？　四元素が活性化するということはつまり」

「自然豊かな、恵《めぐ》まれた土地になるということ？」

「そういうことだな」

アレサの推測をシンラは肯定《こうてい》した。

「でも、だとしても……です。魔力素を活性化させるなんてどうすれば…………——あっ」

なにかに気づいた様子のアレサ。

シンラが言葉を待つと彼女はおずおずと「魔物、ですか？」と聞いてきた。

「ああ。魔力素を活動源とする魔物が住まえば周辺の魔力素は循環、活性化し、結果として土地に恵みがもたらされる、というわけだ」

「……理屈《りくつ》はわかります。わかります……が、でも本当にそんなことが現実にあるのでしょうか？」

「当然、魔力素の活性化は砂漠《さばく》を緑地にできるような万能薬《ばんのうやく》ではないよ。しかし、土地の豊かさを決める一要素には間違いない」

「魔力素が自然環境《かんきょう》を決める要素なんて話は正直……いままで一度も聞いたことがありませんでした」

あまりに未知の話だったらしく、アレサは信じていいのかという表情をしている。そんな彼女に対し、村長が明るく話しかけてきた。

「信じられないじゃろう？　わしらがこの話を聞いた時も同じような反応じゃったよ、『なにをいっているんだ、コイツは』というな」

「い、いえ、決してそんな風に思っているわけでは！　ただあまりに……既知《きち》の常識と違《ちが》いすぎて理解が追い付かないというか……」

「常識ではないかもしれないが、そう荒唐無稽《こうとうむけい》な話でもないんだよ。現実に存在する力の一つが環境に影響を及ぼすのは、ある意味当然だろう？　しかしそれをみんな、見落としていただけなんだ」

「そういわれれば……はい」

「ただの不運や原因不明とされてきた恵まれない土地や自然災害、不作も、魔力素の淀みや枯渇《こかつ》の影響が十分に考えられるだろう」

「そしてこの村は……いままで〝運が悪い〟とされてきた」

ヴィレッド・ビレッジは土壌環境《どじょうかんきょう》と比べて作物の育ちが悪かった。

そして定期的ともいえるほどに、多くの天災に見舞《みま》われてきていた。

村長が苦しげにかつての村の有様を説く。

「そんな環境でも生まれた土地じゃ。皆《みな》、必死に日々を暮らし生きていた」

「………………」

「苦労が日常の日々。それが数年前のある日、突如《とつじょ》村の近くに魔物が棲みだしたんじゃ。当時はもうエライ騒ぎじゃったよ」

「そんなに、ですか?」

「その時は皆で『村を捨てるか』『命を懸《か》けて魔物を退治するか』と本気で議論していたよ」

村長は気軽に語るが、その目は笑っていなかった。当時の決死の覚悟《かくご》を思い出しているのだろう。

「そんな苦渋《くじゅう》の選択《せんたく》をしようとしているところにシンラくんはやってきたんじゃよ」

「いや、本当にその時は話を聞いてもらうだけで苦労したよ」

「……それは容易に想像できます」

アレサが思《おも》い描《えが》いている通りかはともかく、シンラの村人たちへの説得は一筋縄《ひとすじなわ》ではいかなかった。

『しばらく様子を見てほしい』『理由なく魔物が人を襲《おそ》うことはない』『村に恵みを齎《もたら》してくれる』――そんな言葉は人々の心に届かなかった。

平時でさえ聞く耳を持たれないだろう夢想じみた内容が、鬼気《きき》迫《せま》った心理状況ではまともに受け入れられるわけがない。

「そんな困難な状況でシンラさんはどうされたんですか？」

「………それは」

「どんな秘策をシンラさんは……っ！」

「いや、特別なことはなにもしてないんだよ。単に……その」

シンラがなんといったらいいかと逡巡していると、村長が楽しげに口を挟《はさ》んできた。

「シンラくんはね、村人全員を倒したんじゃよ」

「………へ？」

村長の言葉の意味がわからなかったらしく、アレサはきょとんとする。

「あの……それはどういうことですか？」

「言葉通りの意味じゃよ。シンラくんはね、魔物を討《う》ちに行こうとした村の若い連中の前に立ちはだかって、全員を一人で倒したんじゃよ」

「え、え――っ」

語られる出来事があまりに想定外だったのか、アレサは叫《さけ》び声《ごえ》を上げた。

「い、いや、あれはちょっと転ばせただけで……」

「そして倒れ伏《ふ》す皆を前に『なにかあったら僕《ぼく》がなんとかする』と啖呵《たんか》を切ったんじゃよ」

「ええっ……」

「村長……もうちょっと地道にしていたことを語ってくれませんか？　アッシュを連れてきて村人と交流させたりとか……」

いま思い返せば無茶《むちゃ》をしたという反省もあり、シンラはアレサから顔を逸らす。

「悪い悪い。そのことが特に印象的だったからのう」

「シンラさんがそんな無茶を……」

「う……」

「はっはっは、しかし結果的にその行動は魔物を刺激《しげき》するのを止《や》めさせ、村人の安全を守ってくれるものだったんだ。感謝するしかない。そしてその一件があって強硬論《きょうこうろん》が治まり、皆が様子を見ていると……本当に村の環境がよくなっていったんじゃよ」

「じゃあシンラさんが言っていた通りに……」

「うむ。水害が減り、なにより目に見えて作物の育ちがよくなったんじゃ」

「先ほどの説明が証明された……この村ではそれが実証されているんですね！」

空論ではないとわかったからか、アレサは少し興奮気味にしゃべる。

「そうなんじゃ……いま語っていても感謝の念が自然と湧《わ》いてくる。シンラくん、ありがとう」

そういうと村長は深々と頭を下げてきた。

「そんな、村長。お礼をいうのはこっちですよ。こうして魔物と村人たちがともに暮らす姿を見せてもらっているんですから」

村人たちと魔物である天狼《てんろう》たちの間に信頼《しんらい》が築かれている姿。それを見られて、ただ嬉《うれ》しい。それはシンラの偽《いつわ》らざる気持ちだった。

「……素晴《すば》らしい場所ですね、ここは――」

アレサが零《こぼ》すようにそう言葉にした。

「どうしてそこまで嬉しそうな顔をするのかな、お嬢《じょう》さん」

「……シンラさんのところに来る前、私は打ちのめされていました。この子と一緒《いっしょ》に暮らすことの困難さに」

横で眠《ねむ》るコドランにアレサは目を向けた。

「君はいままでどこにいたのかね？」

「シンフォニアの……王都でした」

「王都か……栄えた中央部ほど魔物への反感、悪感情は深いと聞いてはいるが……」

「はい。誰《だれ》も助けてはくれず、それどころか誰も信用できない場所でした。コドランも本当に怖《こわ》く、危険な目に……遭《あ》わせてしまいました」

「そうなのか。それは辛《つら》かったろう……」

「そこでは魔物排斥が当然のことで、そうする人たちの気持ちが私には理解できませんでした。でもいまは……いまになると彼らがそう出来る理由がわかりました」

「……それはどういうことかね」

辛い記《き》憶《おく》を思い出しているのか、彼女《かのじょ》は目を閉じながら答える。

「彼らは魔物を知らなかった。魔物を自分に関《かか》わりないものだと思っていたんです」

「関わりない……か」

「はい。だから彼らは理解しない。だからなにも思わずに拒絶《きょぜつ》できる。現実に存在することさえ許せず、排除《はいじょ》する。同じ命だと思わないから……どこまでも酷いことができる」

アレサの言葉は静かだが、一言一言に力が込められていた。彼女の中で様々な感情が渦《うず》巻《ま》いているのが感じ取れる。

「……私はここに来て、良かった」

そこで彼女は目を開け、コドランの姿を見つめる。

「あそこにいたら、あそこだけが世界の全《すべ》てでした。けれどもいま、あそこはただの世界の一部でしかないとわかります」

「……アレサ」

少女は小さく首を振《ふ》り、自分自身へ向けるように頷く。

「いまは私の気持ちが間違いじゃないと知ることが出来ました」

彼女は自分の気持ちが間違っていると――許されない感情だと思っていたのだろう。

感情の否定。それは自己否定に等しく、辛い葛藤《かっとう》だったはずだ。

しかし彼女はシンラに出会い、ここに来て、自分の気持ちが許されるものである知ったのだ。

「なら、なによりだよ」

アレサの晴れやかな顔を見て、シンラは自然に微笑みを返していた。

◆

それからシンラたちは村の宿に泊《と》まることにした。

晩飯を済ませ、宿の部屋でシンラが一息ついていると、扉《とびら》がノックされた。

「おや、アレサ？」

「こ、こんばんは、です」

誰かと思ってドアを開けると、そこにはアレサが一人で立っていた。

宿の部屋はシンラで一室、ルリとアレサで一室使っている。二人が遊びに来たのかと思ったのだが、ルリの姿はなくアレサ一人で訪ねてきたようだった。

「あ、ルリさんはもう部屋で寝《ね》ちゃっています」

こちらの表情を読んだらしく、彼女はそう告げてきた。

「あの、夜分にすみません……少しお時間よろしいですか？」

「もちろん」

シンラはアレサを部屋に招き入れる。それから備え付けのポットに簡易な魔法でお湯を沸《わ》かし、お茶を出した。

「突然《とつぜん》押《お》しかけたのに、ありがとうございます」

「いや、こっちこそ急に慣れない外泊《がいはく》をさせてすまない。まあ元々、ウチに住んでるのも似たようなものかもしれないが」

「いえそんな！　こういったところに泊まるのは初めてなので……ちょっと楽しいです」

「そういってもらえると助かるよ」

そもそも当初の予定では今日中に家に戻るつもりだった。だが貴族との変ないざこざと、それもあっての村長の家での話し込みで、結局買い物の予定が全然終わらなかったのだ。

そんな今日一日を振り返《かえ》りながらシンラはお茶を一口啜《すす》った。

「明日は村で色々と買い込むとしよう。それで……僕にどんな用なんだ？」

「あ！……はい。でもそんな大層なことではないんです。ただ、ちょっとシンラさんに聞いておきたいことがあったんです」

「答えられることならなんでも答えるけど……」

「ではあの……その、シンラさんはどうして魔物使いになろうと思ったんですか？」

真剣《しんけん》な眼差しでアレサから問われ、シンラは目を丸くしてしまった。

「あれ、シンラさん……？」

「いや、すまない。いや、なにを改まって聞かれるかと身構えていたら、そんなことを聞かれるのかと思ってさ……」

苦笑しながらシンラはアレサを見つめた。

「しかし、本当にどうしてそんな質問を？」

「……知っておきたいと思ったんです。どうしてシンラさんは魔物使いという〝生き方〟を選んだのかを」

アレサは真面目《まじめ》な顔のまま続ける。

「シンラさんはきっと、誰にいわれることもなく、誰に望まれることもなく、その道を選んだんですよね？」

「……ああ」

「どう自分で選んだのか。それを今日、どうしても聞いておきたかったのです」

「それでこんな時間に押《お》しかけてきたってわけか」

「そ、それは……はい」

恐縮《きょうしゅく》しながらアレサは頭を下げる。

「私はいままでずっと自分を押し殺《ころ》して暮らしてきました。ですから……」

真逆の生き方に見えるシンラについて知りたいと思ったのだろう。

「ちなみにアレサはいままでどんな場所にいたんだい？」

「……なにも困ることはなく、誰もが私に優しく、なに不自由のない場所に私はいました
──」

「それは……きっとイヤな場所だったんだろうな」

「……え？」

「そういう顔をいまアレサはしていたよ」

「……はい。苦しい場所でした。私が私でいられることがなかったから」

こちらの指摘《してき》に彼女は苦笑し、さらに言葉を続ける。

「シンラさん、私は──見たものをずっと、忘れられないんです」

「忘れられない？」

「はい。一瞬《いっしゅん》でも目に入ったもの、そのすべてを憶《おぼ》えていられるのです。文献《ぶんけん》ならば一言一句、風景なら気にも留めていなかった置き物一つまで」

自嘲《じちょう》気味に彼女は自らの能力を語る。

「……なるほど」

「あまり驚《おどろ》いてくれないんですね」

「ここに来るまでに十分に驚かされているからな。いまはこれまでのことに対して納得《なっとく》した感じかな」

年相応ではないアレサの膨大《ぼうだい》な知識と博学な見聞。予想はしていたが、それらは特殊《とくしゅ》な才に依《よ》るものだったらしい。

同時に彼女が常にどこか謙遜《けんそん》気味に知識を披露していた意味もわかった。

「このチカラは私の努力とはなんの関係もありません。ただ忘れられないんです。だから驚いたり、感心されたりするようなことでは……」

「いや、それは違うだろ」

「え？」

彼女の言葉をシンラはきっぱりと否定した。

「忘れられないというのは特殊な才能ゆえかもしれない。だが様々な知識をこれでもかと蓄《たくわ》えられたのは、君の行動があってだろう？」

「そ、そう言い表されるとそうかもしれませんが……」

「君はその力を誇《ほこ》るべきだよ。そして僕は君の行動力と好奇心《こうきしん》に敬意を抱《いだ》く。なによりも自分で自分を蔑《さげす》むべきじゃない」

「……シンラさん」

こちらの言葉を受け、アレサは黙《だま》り込む。そして涙《なみだ》を浮《う》かべた。

「この【真刻の眼《ヒストリア・アイズ》】をそんな風に言ってくれる人はいませんでした。幼い頃《ころ》、あらゆるすべての日常を憶えている私は奇異《きい》な存在と見られ、恐《おそ》れられ、避《さ》けられ……いつの間にか、この力を隠《かく》して過ごすことがごく普通《ふつう》のことになっていました」

「そんなことを……」

自分の持っているものを隠し通《とお》すことは、常に自己否定されるに等しい。それは彼女にとって辛い日々だったと容易に想像できる。

アレサはこの村に入る際、過度に恐れを抱いていた。シンラはそれを王都での魔物排斥の出来事のせいだと思っていたが、その反応の根底には人の目に対する恐れがあったのかもしれない。

きっと彼女は一人でずっと耐《た》えてきたのだ。

「アレサ、君は……」

「でも……いまは大丈夫《だいじょうぶ》です！」

だが彼女は気丈に微笑んだ。

「村長さんのところでも言いましたが……あそこにいる時、そこが世界の全てでした。だから私は望まれるように生きなければならないと思っていました。そうでなければ生きている資格も意味もないとさえ」

「……」

「けれどもいまは違います。あそこでは許されない生き方をしている人たちを知りました……そういう生き方を選んだ人たちを」

「ああ」

「だから……もっとシンラさんのことを聞いておきたくなったんです！」

「なるほど。それで最初の質問につながるのか」

純粋《じゅんすい》な少女からの問い。それに対してはまっすぐ答える以外にないだろう。

「アレサ――僕はさ、魔物《まもの》に育てられたんだよ」

「え……え？」

さすがに予想外の出だしだったのか、彼女は間の抜《ぬ》けた声を上げた。

「人語を解する天狼族《ラグナ・ウルヴズ》の原種、【神獣《しんじゅう》】とも呼ばれる老狼に僕は拾われたんだ」

その老いた狼は定住をせず世界を旅する変わり者だった。

その旅の途中《とちゅう》でシンラは文字通り、拾われた。

「それは……つまり」

「孤児《こじ》だったんだよ。僕が思い出せる最初の記憶に人間はいない。出てくる光景は、燃える村、崩れる建物、爆《は》ぜる音、肌《はだ》を刺《さ》す炎《ほのお》、そして眼前に立つ天狼原種・ガルヴァンドルヴ」

まるで燃やし尽くされたかのように、それ以前の記憶がシンラにはなかった。

「なにがあったかはわからない。けれども僕は老狼に救われたんだ」

「魔物がシンラさんの命の恩人だったんですね……だからシンラさんは魔物使いに？」

納得しかけるアレサに向かい、シンラは首を横に振る。

「僕にとって魔物は家族だった。だがそれが魔物使いになった理由じゃない。きっかけは……十五年前。それがなければ僕は魔物使いになることはなく、ただ魔物と一緒に暮らす人だっただろうな」

〝魔物使い〟と〝魔物と暮らす人〟。それは似ているようで、決定的に違う。

「十五年前……それはいったい」

「アレサは【黒の災厄《さいやく》】について知っているかい？」

「黒の災厄……言葉を聞いたことはあります。ただ詳《くわ》しいことは……魔物の大量発生による混乱が大陸規模で起き、グラヴド帝国《ていこく》が国土の大半を失った、世界規模の事変の名称《めいしょう》です……よね？」

彼女には珍《めずら》しく、歯切れの悪い知識の披露。

だがそれはある意味当然のことだった。世界的な混乱という規模に反比例し、公開されている情報が少ないのだから。

「それだけ知っていれば十分だよ。ともかくその時の混乱が人と魔物の間に決定的な溝《みぞ》を生んだんだ」

「――え？　あ、あの……それはつまり、その前までは溝がなかったということですか？」

「それ以前にも魔物と人の棲《す》み分《わ》けはされていた。ただしそれは動物と人みたいな関係に近かった。排斥《はいせき》や嫌悪《けんお》の対象ではなく、場所によっては守り神的に扱われたりと、好意的にさえ思われていたんだ」

「そ、そうなんですか⁈」

「畏怖《いふ》の念を向けられることはあっただろうがね」

いまの人と魔物の関係が十五年前からのことだとはアレサには思いもよらなかったらしい。アレサの顔が驚きを隠せていない。

「人と魔物がともに暮らすなんてことは……神話の中だけかと思っていました」

「いまからすればそう思うのも無理はないかもな。【黒の災厄】によってこの状態が生まれなければ、僕が魔物使いになる必要もなかっただろう」

「……それがシンラさんのいう、きっかけ」

大災厄を、そしてその後の混乱を目にして、シンラは魔物使いになることを決意した。

人に迫害《はくがい》されていく魔物、魔物に恐怖《きょうふ》する人々、些細《ささい》な誤解から争い合い、傷つけ合う
――その光景こそが理由だった。

「……そんなことが」

「僕は魔物に救われているからさ。その恩返しみたいなものかな」

真剣に聞き入ってくれるアレサに対し、シンラは軽い口調でまとめる。

「さて……こんな具合なんだけど、いいかな？」

「ありがとうございます。貴重な、大切なお話をしてくれて」

「参考になるような話とは思えないんだが。ほら、結局は自分がしたいようにしただけなんだからさ」

「そんなことありません！　とても……とても素敵《すてき》で、強い生き方だと思います」

「……強い、か」

「はい」

苦笑しながらシンラが訊《き》くと、彼女は即答《そくとう》してきた。

不自由なく、自由さえなく生きること。

不自由を背負《せお》って、自由に生きること。

どちらが正解というわけではない。

どちらを選んでも苦悩《くのう》はあり、苦難は訪れる。

ただ目の前の彼女は、その生き方を選べることを知ったようだった。

「……どうしたんだ、アレサ？」

彼女はいつの間にか、辛そうな表情をしていた。

「いえ。シンラさんのような生き方に憧《あこが》れます。すごく素敵で、眩《まぶ》しくて……でも……私には難しい」

「アレサ……」

「私はシンラさんほど強くないから、私は……きっと憧れるだけで、シンラさんのようには生きられない」

「アレサ、そうだな。君は僕のようには生きられない」

苦しげなアレサの吐露《とろ》を、シンラははっきりと肯定した。

「そう……ですよね、私には――」

「ただしそれは強さや弱さのせいじゃない。だって君はアレサだろう。シンラ・リュウトでは決して無いんだから」

「え……」

「僕のように生きてほしいから過去を話したわけじゃない。アレサはアレサらしく、生きればいいんだ」

「……はい」

一息ついてからシンラが微笑みかけると、彼女もまた微笑み返してくれた。

「なんであれ、選ぶのは君自身だ。ただし必要だったら後押《あとお》しくらいはするよ」

「ありがとうございます」

彼女は深く頭を下げた後、小さく零すように呟《つぶや》く。

「私はここに来て……本当によかったです」

◆

昔話をしたせいだろうか。

シンラはその夜、過去のことを夢見た——……


一人、炎の中で立っていた。

燃え滅《ほろ》ぶ村の中。

唯一人《ただひとり》生き永らえた少年。

その少年は——獣《けもの》に拾われた。

少年は人と暮らした日々の記憶を失っていた。

人語を操《あやつ》るその獣は、そんな少年に言葉を教え、生きる術《すべ》を教え、知識を教え、作法を教え、文化さえ教えた。
生き抜く知恵《ちえ》を授《さず》けられ、生き残るために考え抜くことを叩《たた》き込《こ》まれた。
少年は獣を父のように慕《した》い、師として尊び、成長していった。
一緒に過ごす中で獣から優《やさ》しさを学び、強さを備えた。
獣の後を追い、共に旅をした。
草原を駆《か》け、山を越え、海を渡《わた》り——日々を重ね、少年は立派な青年となっていった。
それらの日々は心躍《こころおど》り、懐《なつ》かしく、優しい記憶。
しかし、その獣はもういない。
その獣との最後の思い出——その旅の最後の記憶。
それは、父と慕う獣へと刃《は》を突《つ》き立《た》てたところで、終わる。
それが夢の最後。

……——血を浴びたところで目が醒《さ》めた。

第四章

獣《マスターテリオン》たる支配者

翌朝、宿が豪勢《ごうせい》な朝食を用意してくれていた。

シンラが宿の主人にお礼を述べたところ「あんたのおかげで村が豊かになったんだ！　たんと食べてってくれ」というありがたい言葉をもらった。

シンラたちは厚意《こうい》をありがたく頂戴《ちょうだい》することにした。

「うまい！」

お世辞ではなく、本当にうまかった。焼き立てのパンを一口食べると自然と頬《ほお》が綻《ほころ》ぶ。

特産の芋類《いもるい》のチーズ和《あ》え、野菜のスープなど、用意された料理はどれも絶品だった。

目を向けるとルリやアレサも美味《おい》しそうに料理を頬張っている。

「とっても美味しいですね！」

こちらの視線に気づいたアレサがにっこりと微笑《ほほえ》んできた。

ああ、と返事をしながらシンラは彼女の所作に感心する。食事をする姿の一つひとつに気品があり、美しさが感じられるのだ。

次いで横のルリを見てみると、なんとアレサの所作を真似《まね》しようとしていた。

普段《ふだん》のルリは食事作法に無頓着《むとんちゃく》だった。だがアレサの姿を見て、感じるものがあったらしい。

そしてアレサもそれに気づいているらしく、わざわざゆっくりと動いてあげているようだった。

シンラは自分が食事作法を教えられていなかったことを反省しつつ、愛らしい二人の姿を見つめた。


「ところでシンラさん、今日はこれからどうされるんですか?」

「そうだな。とりあえずは食料品の買い出しだな」

食事を終えた後、紅茶を飲みながら今日の予定について話し合う。

「僕が食料品を買っておくから、その間にアレサは自分に必要な物を買っておいてくれよ」

「あ、ありがとうございます」

「ルリはアレサについて行って、荷物とかを持ってあげてくれるか?」

「そ、そんな。それぐらいは一人で……」

「任せてよ、アレサ！　どんどん買っちゃおうよ！」

遠慮《えんりょ》しようとするアレサに対し、ルリは勢いよく了解《りょうかい》を告げた。

「それから時間があれば帰る途中、天狼族《ラグナ・ウルヴズ》の住処《すみか》に寄ろうと思う」

「天狼族《ラグナ・ウルヴズ》……アッシュさんの住んでいるところ、ですか」

「ああ。せっかく近くまで来たからな。一応顔を出しておこうかと」

「……そう、ですか」

その提案を聞き、アレサは神妙《しんみょう》な面持《おもも》ちとなった。そして少し黙ってからおずおずとシンラへ聞いてくる。

「あの、わざわざ天狼族《ラグナ・ウルヴズ》のところにいくのは……昨日の人たちが気になるから、ですか？」

昨日の人たちとは、あのシンフォニア貴族らのことだろう。

「どうしてそう思うんだい？」

「だって彼《かれ》らは近くに住みついた魔物を退治しに……つまり天狼族《ラグナ・ウルヴズ》を狩《か》りに来た、ということですよね」

「ああ。それを村長に断られた、という話だったな」

「はい。でも彼らが村の許可など得ず、暴挙に出る可能性もありますよね？　そうなったら天狼族《ラグナ・ウルヴズ》、アッシュさんの家族に危害が……」

「確かにな。ただし、彼らが馬鹿正直《ばかしょうじき》に天狼族《ラグナ・ウルヴズ》の住処を攻撃《こうげき》した場合、特に心配はないだろう」

「え……それはなぜですか？」

「単純に、天狼族《ラグナ・ウルヴズ》の方が強いからだよ」

シンラが答えた理由は明快。しかし、彼女は同意できないようだった。

「彼らはまがりなりにも騎士《きし》と称《しょう》して旅をしている人たちですよ?!」

「まぁ、そこそこは強いだろうな。自信がなければ道楽とはいえ、魔物退治をしようなんて言わないだろう」

魔物は世間では嫌悪の対象だが、決して〝弱者〟の対象ではない。

かつての村人が命を懸《か》けて退治するか否《いな》かを話し合ったように、一般人《いっぱんじん》にとって魔物は天災に等しく、倒《たお》すという発想の相手ではない。

「で、でしたらやはり……！」

「ただし天狼族《ラグナ・ウルヴズ》はそれ以上に強いという話さ。真正面から戦えば、彼らはアッシュ一匹《ぴき》にも勝てない」

その実力差を、シンラは断言してみせた。

「……そこまでシンラさんがおっしゃるなら、そうなのでしょうけれど……」

「ああ、そこは安心してくれ。ただ、アレサのいうとおり心配が皆無《かいむ》とはいわない」

「どういう意味ですか、それは」

「いまいったのは真正面から戦った場合だ」

「それはつまり……彼らが騎士に悖《もと》るような振る舞《ま》いで――」

シンラの懸念《けねん》にアレサが気づいただろう時、轟音《ごうおん》が鳴《な》り響《ひび》いた。


「ヲ――――――――――――――――――――ン!!」


「――!」

それは唸《うな》り声だった。シンラはすぐさま椅子《いす》から立ち上がると宿の外へ飛び出した。

「シンラ!」

「はぁはぁ……し、シンラさん、いまのは、いったい……!」

ルリとアレサも追って外に出ていた。周囲を見回すと、呆然《ぼうぜん》と立ち尽《つ》くす人々の姿があった。先ほどの轟音は音量からして村全体に聞こえているだろう。

「いまのは……天狼の鳴き声だ」

「え?　て、天狼ですか?　いったいなにが……」

「た、大変だ!　天狼と貴族たちが……っ!」

その時、誰かが大声を出しながら走ってきた。

「し、シンラさ……！」

「悪い予感が当たったか。とりあえずアレサ、君はここに――」

「私も行きます！」

「……正直、あまり楽しくないことだと思うぞ」

「それでも、行かせてください！」

「……わかった。ただし気を付けて、無茶だけはしないでくれよ」

「はい！」

「くるる――！」

それから三人と一匹は声の響いてきた方向――村の入り口付近へと向かった。

耕作地を除いた村の居住区の広さはそれほどでもない。そのため、シンラたちはすぐに目的地へと辿《たど》り着《つ》く。

そこが騒動《そうどう》の現場であることは一目瞭然《いちもくりようぜん》だった。

「やはりそうだったか……」

「あ、アッシュさん！」

そこには天狼――アッシュがいた。

だがアッシュの様子と姿が昨日とはまるで違《ちが》う。全身の毛を逆立て、凶暴《きょうぼう》な空気をまとっていた。

そしてそんなアッシュと対峙《たいじ》する者たちがいた。

「あれは……昨日の‼」

それはシンフォニア貴族を名乗っていた二人組だった。

そして天狼と貴族を遠巻きに取り囲む村人たちの姿があった。

村人たちはどうしていいものか戸惑《とまど》い、立ち尽くしているようだった。

「シンラさん、彼らとアッシュさんはなにを……」

ハイザックと名乗っていた大柄《おおがら》の貴族はすでに鞘《さや》から剣《けん》を抜いている。

そして、フード付きローブに身を包《つつ》んだ小柄な男、グリドルも手にした杖《つえ》をアッシュへ向けていた。

アッシュは二人を睨《にら》みながらもその場を動かない。

小柄な男がアッシュに魔法《まほう》をかけ、動きを止めているようにも見える。

ただ魔物であるアッシュを抑《おさ》え込めるほどの魔法をあの者が使っているようには、シンラは思えなかった。

「やつらはなにをしているんだ。死ぬぞ」

たった二人で天狼族《ラグナ・ウルヴズ》と相対そうとするなど、軽率《けいそつ》としかいえない行動だ。

「さぁこの魔物を見ろ！　明確に我々、人間に対して敵意を示しているだろう！　平時、どれだけ温厚《おんこう》に見えても、一皮むけば魔物など皆《みな》、凶暴で、等しく人類の敵なのだ！」

シンラの懸念も知らずにハイザックが好き勝手に叫《さけ》ぶ。

「き、貴族様たちが先に仕掛《しか》けたんだろう！」

「天狼族《ラグナ・ウルヴズ》は敵じゃない！　わしらの生活を壊《こわ》すなんてたとえ貴族様でも……」

「馬鹿者《ばかもの》どもめがっ！」

沸き起《お》こる野次《やじ》をハイザックは一喝《いっかつ》した。

「こうして牙《きば》を剥《む》かれる日が絶対に来るのだとなぜわからんのだ！」

大仰《おおぎょう》に頭を振った後、ハイザックは剣の切っ先をアッシュへ向けた。

「唯一《ゆいいつ》の僥倖《ぎょうこう》は、今日我々がこの場に居合わせていたことだろう。なぁグリドル！」

「はい、その通りでございます！　お前らは本当に運がいいぞ！」

グリドルの合いの手に機嫌《きげん》を良くし、ハイザックは高笑いまで上げた。

「魔物に媚《こ》びへつらい生きる憐《あわ》れな民《たみ》よ。貴様らの行いはシンフォニアの国民として認められない。大罪を犯《おか》していると自覚せよ！」

騎士の一方的な断言。それを聞いている内に村人たちの表情は、怒《いか》りからやがて恐怖に変わっていった。

「お、横暴だ……！」

「そんな、我々が罪を犯しているだと……！」

「罪かどうかを決めるのはお前らではない!!　我々、支配する側なのだ！　貴族の私が罪といえば無罪の道理はない！」

「ハイザック様が罪といえば罪なのだよ！」

「そ、そんな……」

「だが……私は寛容《かんよう》だ。蒙昧《もうまい》な民よ、懺悔《ざんげ》の後に首を垂れるがいいぞ！　そして私の下でこの忌《い》まわしき魔物を処断するのだっ！」

「おぉ、なんと寛大《かんだい》な！　素直《すなお》に過《あやま》ちを認めれば、ハイザック様はお前らをお許しになるとのことだぞ！　ここまで言えば、自分たちがどうすべきか……しなければどうなるか、お前らごときでもわかるだろう?!　ひゃはっはっ！」

傍若無人《ぼうじゃくぶじん》な物言い。そして恐喝《きょうかつ》を交えた隷従《れいじゅう》。貴族は好き放題に振る舞う。

「……酷《ひど》いっ！　なんなのですか、あの人は!!　なんの権利と意味があってあんなことを……」

「でもアレサ、見てよ、なんか村人たちが……」

「えっ……？」

ルリに言われ、アレサは周囲の空気が一変していることに気づいたようだった。

いつの間にか彼女のように怒《おこ》っている村人がいなくなっていた。

「こ、これは……どうして」

「……巧《うま》いな」

眼前の恐怖を必要以上に強調し、一方的な罪を突きつけ、形式的な選択《せんたく》を迫《せま》る。

主張にはまるっきり同意できないが、彼らの揺《ゆ》さぶりと誘導《ゆうどう》は巧いと言わざるを得なかった。

やり過ごすために仕方ないと言い訳して選んだとしてもダメだ。

信頼《しんらい》関係に一度《ひとたび》、亀裂《きれつ》が入れば元《もと》には戻れない。

「せ、せっかくこの村の人たちは魔物と仲良く暮らしているというのに……なんで彼らはこんなことを」

「さぁ、早く我々に従うと――」

「――レオの家族になにするの！」

誰《だれ》もが委縮し、顔を伏《ふ》せる中で一人の少女が叫んだ。

その少女は――サラ。

彼女《かのじょ》はそのまま貴族とアッシュの間に割って入ると、アッシュを庇《かば》うように両手を広げた。

「貴様は……昨日の無礼なガキ！　いったいなんのつもりだ！」

「アッシュをいじめないで！」

横暴な大人を前にしてもサラは怯《ひる》まない。

「サラさん……っ！」

「サラ――君は」

よく見れば少女の小さな体は震《ふる》えていた。

「アッシュは悪い子じゃないんだよ！　なのになんでひどいことをしようとするの⁉」

「ハッハッハッハ、悪い子ではないだと？」

少女の訴《うった》えに対し、ハイザックは下卑《げび》た声で笑い返した。

「魔物はそれだけで悪なのだ！　善《よ》い魔物などいない‼」

「そんな……そんなことない！」

「そして我々が行うことは正義なのだ。黙って見ているがいい！」

「みんな魔物と仲良く……！」

「反吐《へど》が出る戯《ざ》れ言《ごと》だ。そういえば小娘《こむすめ》、昨日の天狼の子はどうしたのだ？」

言いながら騎士は嫌《いや》らしい笑《え》みを少女へ向けた。

「レオは……いま関係ないよ！」

「大方、こいつの鳴き声に怯《おび》えて逃《に》げでもしたのだろう。主人を置いて薄情《はくじょう》なものだな！」

「違うよ、そんなんじゃないよ！　レオは朝起きたらいなくて……でも散歩しているだけだもん！　どこかにいるもん！」

「苦しい言い訳だな。所詮《しょせん》、魔物と人の間に絆《きずな》など生まれんのだよ、わかったら退《ど》け！」

「……うぅ！」

ハイザックは剣の切っ先を動かし、サラへと突きつけた。

「し、シンラさん！　サラさんが……ど、どうしたら」

「──なるほど。そういうことか」

アレサの訴えをスルーし、シンラは一人頷《うなず》く。

「し、シンラさん?!」

「さぁそこを退け、小娘。退かぬならこの剣で──」

「ぐるぉおおおおおおおおおおおおおん──！」

ハイザックが剣を振《ふ》りかぶった瞬間《しゅんかん》、アッシュがけたたましい咆哮《ほうこう》を上げた。

その声とほぼ同時にシンラは右腕《みぎうで》から銀鎖《ぎんさ》を投げ放っていた。

銀鎖は瞬《またた》く間《ま》に狙《ねら》った対象を捉《とら》える。

しかし、その対象はアッシュではなく、だが騎士の剣でもなかった。

「ひ、ひぃいいいいっ！」

シンラの銀鎖が捉えたのは——杖《つえ》を構えた男。

身を包む外套《がいとう》ごと、銀鎖はグリドルを容赦《ようしや》なく拘束《こうそく》した。

そこで皆がシンラの存在に気づき、注目が集まる。

だがシンラは視線を意にも介《かい》さず、サラの傍《そば》へと歩いて行った。

「よく頑張《がんば》ったな、サラ」

「し、シンラ……」

涙目のサラがシンラに抱きつく。シンラは少女を宥《なだ》めた後、貴族らと対峙した。

「ひ、ひぃ……なにをする！　は、ハイザック様っ、お助けを……！」

「貴様、我が部下になにをしているか！」

「いやいや、ようやく状況《じようきよう》がわかったよ」

貴族たちの言葉を無視しながらシンラは彼らとアッシュを見比べる。

「お前らがアッシュにちょっかいを出しただろうことは想像に難《かた》くない。だがアッシュがいままで威嚇《いかく》だけで本格的な攻撃を仕掛けない理由がわからなかった」

「ふん！　なにをいうか。それはいま貴様が縛《しば》っているグリドルが魔法を以《もっ》てこの魔物を抑え込んでいるからだ」

「いや、それはない」

「なにっ⁉」

「並の魔導士の拘束魔法《こうそくまほう》で天狼を抑えつけられるわけがない」

「話にならんわ！　現に天狼はその場を動けずにいるではないか！」

シンラの断言にハイザックは嘲笑を返した。たしかに目の前の事実を見ればハイザックの言うとおりだ。

「ああ。だからこそ不思議だったんだよ、アッシュが動かないことが……。しかし、さっきのあんたのサラへの言葉でわかった」

「ガキへの言葉……？」

「ああ、さっきこういっただろう――『昨日の天狼の子はどうしたのだ？』と」

「それがどうしたというのだ！」

「わからないか？　いや、教えてくれ。お前はいつあの子が天狼だと気づいたんだ？」

その指摘《してき》にアレサが「あっ！」と声を上げた。

「き、昨日サラさんと会った時には気づいていませんでした‼」

「ぬぅ……っ?!」

昨日、貴族らがサラとレオに絡《から》んだ時、彼らはレオを魔物だとは認識《にんしき》していなかった。もし気付いていたとしたらその場で大騒動になっていたはずだ。

「きっとここでアッシュとレオが一緒《いっしょ》にいるところでも見て、気づいたんだろう。魔物の子供だと」

「………だったらなんだというのだ！」

「そう考えた時に繋《つな》がったよ。アッシュがなぜ堪《こら》えるのか、魔導士がなにをしているのか、レオがどこにいるのか」

「れ、レオはどこにいるの？　朝から捜《さが》してもどこにもいなくてっ！」

「サラ、大丈夫だ。レオはそこにいる」

言葉とともにシンラは腕《うで》を振り抜く。銀鎖を躍《おど》らせ、拘束していたグリドルの黒ローブを器用に剥《は》ぎ取った。

その瞬間、その場にいた皆が一様に息を呑《の》んだ。

「れ、レオっ！」

シンラが言うとおり、レオはそこにいた。剥がされた外套の下、グリドルにレオが抱きかかえられていた。

その晒《さら》された事実に驚《おどろ》き、しばらく村人たちは呆然としていた。だが次第《しだい》にざわめき出す。

「シンラさん、これは!?　れ、レオさんはいったい、あれは……!」

レオは小さな身体を震わせていた。必死に口を動かそうとしているが、声はまるで出ていない。

アレサはその様子が異常だと気づいたようだった。シンラもまたその姿を見て、静かに怒りを覚えていた。

「魔導士が拘束魔法をかけていたのはアッシュではなく、自分が隠し持つレオに対してだったんだよ」

「ど、そうしてそんなことを……?」

「レオは人質。それでアッシュを脅迫《きょうはく》していたんだ」

「な……そ、そんな……酷い!!」

真相を告げると、アレサは悲鳴に近い声を上げる。

「レオさんを盾《たて》に、アッシュさんに無抵抗《むていこう》を強《し》いていたということですか!?　そんな、そんなのって……!!」

アッシュの咆哮は卑劣《ひれつ》な者たちへのせめてもの抵抗であり、訴えだったのだろう。そしてアレサと同様の叫びが村人たちからも次々に上がっていった。

「ええい！　平民どもがなにを騒《さわ》ぎ立てるか！」

「あ、あなたたちは自分の行為《こうい》が恥《は》ずかしくないのですか⁉　その子をすぐに解放してください！」

アレサは語気を強めて貴族へ要求する。だが彼らはまるで悪びれない。

「恥ずかしいだと⁉　魔物を駆逐《くちく》しようとしての我々の行為を恥ずかしいとはなにごとだ、小娘‼」

「な…………っ！」

「愚民《ぐみん》どもめが我々の高尚《こうしょう》な行為の意味がわからんのか‼」

彼は言い訳や誤魔化《ごまか》しではなく心底そう思っているようだった。それを察し、アレサは絶句する。

「アレサ、残念ながら彼らに言葉は届かないようだ」

言いながらシンラはもう一度、腕を振り抜く。するとその銀鎖は今度、グリドルからレオをあっさりと奪《うば》い取った。

「ひぃ……、なにをする！」

「わぅん！」

シンラの腕の中に収まるとレオから鳴き声が上がった。魔導士から離《はな》れ、拘束魔法が解けたのだ。

「サラ、レオを頼《たの》む。少し離れていてくれ」

「……うん！」

少女はシンラから託《たく》されたレオを抱《だ》きしめた後、こちらの言葉に従いその場から離れる。

「グリドル、なにをやっているか！」

「す、すみません、ハイザック様！」

「ええい役立たずが……そして貴様はどこまでも私の邪魔《じゃま》をするか‼」

「ああ。とことん邪魔をしなきゃいけないらしい」

シンラは銀鎖を腕に引き戻しながら貴族たちと対峙する。

「アッシュはお前たちに慈悲《じひ》をかけていた。だが僕《ぼく》にはそういったものを期待しないほうがいい。なにせ僕の前で魔物に手を出したんだ」

「我々が魔物に慈悲をかけられていた？　寝言《ねごと》をいうな！」

「アッシュが本気になっていればレオを奪いつつ、あんたらを一蹴《いっしゅう》するなんて造作もないことなんだよ」

「馬鹿馬鹿しい……ではなぜそれをしない！」

「村人たちへの気遣《きづか》いさ」

貴族の異議にシンラは首を振りながら答える。

「アッシュは自分の力が人間にとってどれだけ強大か理解している。あんたたちを傷つければ、事情はどうあれ村人たちを怯えさせてしまう。それを恐《おそ》れ、堪える決意をしたんだろうさ」

シンラは後ろに立つアッシュへ目を向けた。その視線に応《こた》えるようにアッシュは穏《おだ》やかに喉を鳴らしてきた。

レオが救出されたからだろう、彼の表情が幾分《いくぶん》か穏やかになっていた。

「ええい、妄言《もうげん》も甚《はなは》だしい！　魔物が人を気遣うなどあるはずがない！」

「そ、そのとおりでございますぞ！」

ハイザックとグリドルが同時に喚《わめ》く。

気づけば恐怖と隷従を煽《あお》られ沈《しず》んでいた周囲の空気が一変していた。村人たちは貴族らの声に反応を示さず、ただジッと眼差《まなざ》しを向けていた。

「レオやアッシュは私たちの友達で家族だよ！　なにも知らないのに勝手なこといわないで！」

そんな中でサラが声を上げ、叫んできた。

「……そ、そうだ！」

「俺たちはここで一緒に暮らしてきたんだ！」

「わたしたちはみんな、魔物に感謝してるんだ！」

「みなさん……っ！」

村人たちの明確な抗議。その様子を見てアレサは感銘《かんめい》を覚え、貴族らは気圧《けお》される。

「ひぃっ、ハイザック様、これは……」

「ぐ、ぐぐぐ……愚民どもがぁ!!」

平民に突き上げられるなど貴族のプライドが許さないのか、ハイザックは激昂《げっこう》する。

「誰も彼も自分の思い通りになると思っていたか、貴族様？」

「魔物の味方をするなど……お前らは正気なのか!!」

「──ああ」

シンラの躊躇《ためら》いない頷き。ハイザックは唖然《あぜん》とした顔でこちらを見る。自分の問いにそこまで即答《そくとう》されるとは思っていなかったらしい。

「なにせ僕は、魔物使いだからな」

ハイザックはその言葉を聞き、さらに顔を歪《ゆが》めた。

「貴様がこの村の者どもをかどわかした張本人というわけか!!」

「かどわかそうとしたのは……どちらだろうな」

「ええぃ！　蒙昧《もうまい》で罪深き者どもめが……！」

「あなたにそんなことを言う資格はありません！」

村人たちへの暴言に耐《た》えかね、アレサが毅然《きぜん》と叫ぶ。だがハイザックは微塵《みじん》も怯まない。

「あるさ、あるに決まっているだろう！」

「貴族だというだけでそんな物言いが……！」

「貴族なのだから当然だろう！　もはや魔物と同じく貴様らは存在自体が罪……ここで私が断罪してくれよう!!」

「ぐるるるるる――――――！」

ハイザックが剣を振りかぶった瞬間、アッシュが即座に反応した。

だがそれをシンラが宥める。

「アッシュ、大丈夫《だいじょうぶ》だ。あとは僕に任せてくれ」

「なにを喋《しゃべ》っているか、死ねぇ!!」

ハイザックは殺意を隠《かく》さず、剣を振り下ろす。

「――なっ！」

だがそれをシンラはあっさりと銀鎖で弾《はじ》いてみせた。剣は銀鎖の力に負け、簡単に虚空《こくう》を舞い、地面に落ちた。

「は、ハイザック様！」

グリドルが丸腰《まるごし》となった主《あるじ》のもとへ駆け寄《よ》る。

ハイザックはしばらくした呆然とした後、「ぐ、ぐううう……」と低い呻《うめ》き声《ごえ》を上げ始めた。無様に返り討《う》ちにあった自分を認められないようだった。

「もしいま、このまま立ち去るっていうのなら、ここで手打ちにしよう」

それは貴族への追い討ちにして最後通告。

「は、ハイザック様、ここはいったん退きましょう！」

「ぐぅううう………主たる私に意見する気か！」

「し、しかしハイザック様……」

「ええい、黙れ！」

「ひ、げふっ――」

ハイザックは唯一の仲間を拳《こぶし》で殴《なぐ》り飛ばした。それからハイザックは血走った目で周囲を睨みつける。

「どうする、貴族様？」

「…………ここまで私を侮辱《ぶじょく》してただで済ますわけにはいかん」

そういうとハイザックは自分の腰袋からなにかを乱暴に探り出す。

それは掌大《てのひらだい》の宝玉だった。

「あ、あれは……【魔結晶《まけっしょう》】？」

一瞥《いちべつ》でアレサはその手の物を識別していた。

だがアレサは魔力素《まりょくそ》の結晶体《けっしょうたい》たる【魔結晶】を貴族が取り出した意味はわからないようだった。

「グリドル！　なにを勝手に寝ている！」

「え……？　は、はい、なんでございましょうか！」

「早くこれを使うのだ‼」

「こ、これは魔結晶ではないですか？　こ、こんなものをお持ちでしたとは……」

「護身用にと持っておいたものだ。しかし、いまはそんなことどうでもいい！　早く使わんか！」

「は、はい！　……で、ですがハイザック様、本気なのですか？」

グリドルが珍《めずら》しくハイザックの命令を二度聞きしていた。しかしハイザックの態度は変わらない。

「私が使えといっているのだ！　この魔結晶の力をすべて使って、こいつらを叩《たた》き潰《つぶ》すのだ……こんな風にな!!」

そういうとハイザックは手の中の魔結晶をガシャンと砕《くだ》いてみせた。

「ひ、ひぃ！　そんな荒《あら》っぽい扱《あつか》いをしては魔力素が……っ」

「いいから、やれい!!」

「は、はいぃぃい!!」

グリドルは砕けた魔結晶に向かい杖を向けた。すると次の瞬間、辺り一面を満たすほどの光が生じた。

【魔結晶】とは、魔力素が物質化するほど高密度で安定化している状態を指す。故《ゆえ》に一旦《いったん》不安定化すれば一気に崩壊《ほうかい》状態へと向かう。

空間に満ちた光は魔結晶から解放されたもの。放出された魔力素の膨大《ぼうだい》さを示す一端《いったん》だ。

「いったいなにが起きたんですか？　彼らはいったいなにをしようと……」

アレサの問いが途中《とちゅう》で途切れた。

光が引き、戻ってきた視界に先ほどまで存在しなかったモノが現れていたのだ。

「……〈魔導巨人兵《ゴーレム》〉？」

「そのようだな」

ハイザックの前には巨大《きょだい》な土くれで造られた異形――ゴーレムが立っていた。

「ヲヲヲヲヲヲヲヲヲヲヲヲヲヲヲ‼」

その異形は口がないというのに叫び声らしきものを上げ、動き出した。

「きゃあっ！」

ゴーレムの拳が近くにいたアレサに向けられた。だがその攻撃はシンラの銀鎖が間一髪《かんいっぱつ》で薙《な》ぎ払《はら》う。

巨人は攻撃を防がれると特に追撃はせず、別の方向へ向かいだした。

「見境なしみたいだな」

次に巨人は村人たちに拳を振るう。ゴッ！　と岩が直撃《ちょくげき》する鈍《にぶ》い音が起こった。

「あ、アッシュさん！」

咄嗟《とっさ》に庇いに入ったアッシュがゴーレムの攻撃を村人の代わりに喰らう。満足に防御《ぼうぎょ》態勢を取れなかったため、アッシュはそのまま吹っ飛んで地面に転がった。

「わ、私たちのために……！」

「アッシュ‼」

守られた村人たちが声を上げる。

「アッシュになにしてくれるんだよ‼」

そんな中、巨人へと飛び掛かる影《かげ》はルリだった。

アッシュへのお返しとばかりにルリは全力で大鎚《ハンマー》を振るい、ゴーレムの腕を粉砕《ふんさい》してみせた。

あっさりと腕を吹き飛ばし、ルリが「ふふんっ」と得意げに笑う。

「危ない、ルリさん！」

「え？」

アレサの叫びを受け、紙一重でルリはゴーレムの攻撃を躱《かわ》した。

「ふはははは！　そんなことでこのゴーレムは怯みはせんぞ！」

ハイザックが意気揚々《ようよう》と叫ぶ通り、ゴーレムは片腕を失ったことをものともしていない。

さらにその失った腕も見る間に再生していった。

「こいつ……っ！」

「ルリ、気を抜《ぬ》くな。アレサ、よく叫んでくれた」

「い、いえ、あのゴーレムは生物じゃありませんよね？　魔力素と魔導式で動く土くれ。だから痛みもなにもないと思って……」

「そこを即座に見抜《みぬ》いてくれて助かったよ」

「ありがと、アレサー！」

「そういってもらえると……嬉《うれ》しいです。で、でもこれからどうしたら」

「どうしたらいいと思う?」

「え、えと、やはり術者を倒すべき、なのでしょうが……」

「教科書的にはそれが正解なんだろうな。だが――」

シンラはいいながらハイザックらを見やる。

ハイザックは色々と叫んでいるが、ゴーレムを操作《そうさ》している様子はない。そして魔導士のグリドルは倒れていた。

おそらく膨大な魔力素を用いた魔法を使ったショックで気を失ったのだろう。

「はい……肝心《かんじん》の術者がいません」

普通《ふつう》のゴーレムならば術者を倒せば、土くれに戻る。

だが目の前のゴーレムは術者の手を離れていた。

活動エネルギーの全《すべ》てを砕けた魔結晶から得ているのだ。故に術者を必要としない、完全自立式の魔法と化していた。

「これではどうしたらいいのでしょう?」

「全部、ぶっ壊せばいいの、シンラ?」

「いやそう簡単にはいかないだろう。さっきの腕の再生を見ての通り、多分粉々に砕けたとしても元に戻るだろう。魔力素が尽きるまで」

「そ、そんな……それじゃあどうしたら」

「魔結晶の魔力は膨大だ。だが決して無尽蔵《むじんぞう》じゃない。ある意味放っておけばそのうち動かなくなる」

「そんな、それではいつになるかわかりません！　その間、あのゴーレムがなにをするか……」

「ああ。だから、なんとかするよ、僕が」

「――え？」

不安を露《あら》わにするアレサにシンラは不敵に笑ってみせた。それから「ちょっと離れててくれ」と言いながら歩き出す。

「なんかするの？　シンラ」

「ああ、ちょっとだけ手伝ってくれるか？」

「ん。オーケー」

シンラが銀鎖をジャラリと鳴らすと、ルリは大鎚を肩《かた》に担《かつ》いだ。

そんなこちらの様子を見て、ハイザックが笑う。

「ハッハハッ！　なにをするつもりだ？　なにをしてもムダだぞ！」

このゴーレムには直接的な攻撃《こうげき》が効かず、止める手段もない。ハイザックの言い分は一見もっともだった。

「止めることが不可能なわけじゃない」

しかし、
シンラだけはそう思っていなかった。

こちらの言葉を聞き、ハイザックは一際《ひときわ》大きな高笑いを上げる。

「ガハハハハハハハッ！　お前はもしかして……このゴーレムの魔法自体を無効化しようとしているのか？」

「……だとしたら？」

「だとしたら、だ！　実に愚《おろ》かな考えだ！　それは魔結晶すべてが注がれたゴーレムの魔力素を吹き飛ばすことと同義だ。そんなことは人間業ではない!!」

これ見よがしに人を罵倒《ばとう》するハイザック。

だがその指摘自体は間違《まちが》っていない。

ほんのわずかな大きさでも魔結晶を構成する魔力素は膨大だ。人がひとりで有する魔力素量とは比べ物にならない。それは人が努力で抗《あらが》える差ではない。

「人間業じゃないか……」

貴族が語る道理は正しい。

だがシンラは頷かない。

「――シンラ、いくよ！」

そんな中、ルリがゴーレムへ向かい跳び出す。

そして次の瞬間にはあっさりとゴーレムの両腕《りょううで》を壊してみせた。

両腕を失した巨人。だがすぐさま膨大な魔力素に裏打ちされた再生が始まる。

ゴーレムが無防備だったのは一瞬《いっしゅん》。だがその間隙《かんげき》をシンラは突く。

「ありがとう、ルリ。あとは任せてくれ」

右腕から伸《の》びる銀鎖は一瞬でゴーレムの巨躯《きょく》に絡みつく。

「ヲヲヲヲヲヲ――!!」

幾重にも全身に絡みつく銀鎖。魂《たましい》無きゴーレムが悲痛そうに叫ぶ。巨体《きょたい》を揺らして拘束に抗うが、逆に動けば動くほどに鎖は食い込《こ》んでいく。

「シンラさん……すごい！」

膝《ひざ》を屈《くつ》し、地面に倒《たお》れる土くれの巨人。

ゴーレムの動きは次第に小さくなり、そのまま無力化されるかに見えた。

「ヲヲ」

だが、ゴーレムは怒号《どごう》のような叫びを上げてきた。そして、それと同時にゴーレムの全身が光る。その光は魔結晶が放った光と同質のものだ。

ゴーレムは銀鎖の拘束を受けたまま立ち上がってみせる。

「ハハハ！　もしや魔力が尽きるまで縛り上げておくつもりだったのか？　だとしたら残念だったな！　見ろ、人の魔力でゴーレムの……魔結晶の力を抑《おさ》えられるわけがない！」

「そうだな。お前の言葉は正しい」

「なんだ？　ようやくわかったのか？　だがもう遅――」

「だがそれは僕が只《ただ》の人だったら――という話だろう？」

シンラは引き金を引くように――銀鎖を引く。

すると一瞬だけ銀鎖が一際強く光った。その光がゴーレムの全身を包み、貫《つらぬ》く。

そして――

がしゃん。

――音が響《ひび》いた。

それはゴーレムが砕けた音。

シンラがしたことはわずかに右腕を引いただけ。

だがそれによってゴーレムは一瞬にして砕け散ったのだった。

「…………は、ハハハハハ！　それはどうした⁉　いくら壊したとしてもムダなのだぞ？　ハッハハッハッハッハ――……は？」

思い出したように笑い出したハイザック。だがすぐなにかに気づいたようで、笑いが止《や》む。

彼《かれ》が呆然《ぼうぜん》とするのも無理はない。

自慢《じまん》のゴーレムの再生がまるで始まらないのだから。

「な、なにかの間違いだ。……ありえん、ありえん……そんなことはありえん‼」

その事実が示す事態をハイザックは認められないようだった。

事実を素直に受け止めるのなら、ゴーレムが完全に破壊されたということ。それはつまり魔力素がすべて消し飛ばされたということだ。

それが、人の手で――しかしそれは、もはや人の業ではない。

「馬鹿な！　お前は魔物使いだろう！　魔物使いなど卑《いや》しい魔物の力を借りる、もっとも卑しく道化のような存在のはず――」

「あんたは〝魔物使い〟を誤解しているようだな」

「なんだ、と？」

「魔物に仕える、御使い……故《ゆえ》に〝魔物使い〟。魔物の為に尽くし、共に生き、守る者――それが本当の意味の【魔物使い】。そんな魔物使いが守るべき魔物より弱くてどうする？」

銀鎖を引き戻しながらシンラは己《おのれ》の信念を語る。

「そんな僕は……どんな魔物よりも強くあるのが道理だろう」

「なにをほざく。魔物より強い魔物使いだと？　……そんな馬鹿げた存在、まるで……――」

なにかに気づいたように貴族の目が見開かれていく。


「――【獣たる支配者《マスターテリオン》】」


「マスター、テリオン？」

「その呼び名は……あまり好きじゃないんだけれどな」

「魔物使いでありながら、己《おの》が身一つで先陣《せんじん》を切り【黒の災厄《さいやく》】を払った、神懸《かみが》かりにして魔物が如《ごと》き……獣《けもの》のような英雄《えいゆう》――それが、」

そこまで喋《しゃべ》り、ハイザックはすぐさま頭を振った。

アレサは怯えたように態度を豹変《ひょうへん》させたハイザックを不思議そうに眺《なが》めている。

「ありえん！　こんな者が【黒の災厄】の伝説？　こんな辺境に救世の英雄がいるはずがない……っ！　だろう⁉」

ハイザックの問いをシンラは否定も肯定《こうてい》もしない。そして逆に問い返す。

「どうする、まだ続けるか？」

「ぐ、ぐぅぅうう……」

もはや選択肢《せんたくし》がないことはハイザックも気づいているだろう。だがプライドがそれを認められないようだった。

「く、くそ……こんなことがあるはずがない！」

「は、ハイザック様、は、早くこんな村からは出ましょうぞ！」

いつの間にか意識を取《と》り戻したらしいグリドルがそう叫《さけ》んできた。

「グリドル！　この私に背を向けて逃げろというのか？　私はシンフォニア貴族なのだぞ！」

「逃げるのではなく……そう！　王都に戻《もど》り、このことを仔細《しさい》報告するのです！」

「なに？」

グリドルの思いつきだろう言葉を受け、ハイザックは嫌《いや》らしい笑いを浮《う》かべた。

「……なるほど、それはいい考えだ！」

「でしょう！　そうしましょう！　そうすればこんな村、我々が手を下さなくともただでは済みませんぞ！」

その言葉を受け、見守っていた村人たちが慄《おのの》く。

「ハハハ！　最初からそうしておけばよかったわ！　我《わ》が慈悲を受け入れていれば村人だけでも助かったかもしれんが、もう遅《おそ》い！　村も魔物も根絶やしだ！」

「その通り、その通りですぞ！　ヒッヒッヒッ！」

一貴族の進言がどの程度の影響力《えいきょうりょく》を持つかなど村人にはわからない。だが決して現実味のない話ではなかった。

どうしたらいいのかという空気が漂《ただよ》い、村人たちを無力感と悲壮感《ひそうかん》が包《つつ》む。

「いまさら後悔《こうかい》したとしても無駄《むだ》だぞ。私が王に一言――」


「無駄、ですよ」

好き勝手に盛り上がる貴族たちを一言で切り捨てたのは――ほかならぬアレサだった。

「誰《だれ》かと思えば魔物使いの仲間か……」

「やい、小娘！　なにが無駄だというのだ？　もうお前たちは終わりだぞ。そのめっぽう強い魔物使いがいたとしても、国家に抗うことなどできんだろう！」

「…………」

「どうした、喋らんのか？　なにか考えがあっての言葉ではなかったのか？」

「あるわけありませんよ、ハイザック様！　こんな小娘一人にできることなど……」

「──あります」

アレサの言葉が再び、貴族らの言葉を遮《さえぎ》った。

そして同時に彼女《かのじょ》は強い眼差しをハイザックらへと向ける。彼女の瞳《ひとみ》には苛《か》烈《れつ》な決意が映っていた。

「いったいお前になにがあると──」

彼女は言葉の代わりにある物を貴族へ示した。

少女が見せたのは、衣装に隠《かく》れていたネックレス。

チェーンに掛《か》かった装飾品《そうしょくひん》が露わになる──それは剣《けん》をモチーフにした十字架《じゅうじか》の意匠《いしょう》だった。

一目見ただけで細かな技《ぎ》巧《こう》が凝《こ》らされた貴重な装飾品だとわかる。だが客観的に見ればそれはただ美しいだけのものだ。

様子を見守る村人たちにはアレサの行動の意味がわからないようだった。

だが、ハイザックだけがそれを見て、身を仰《の》け反《ぞ》らした。

「――そ、その紋章《もんしょう》は……!!」

「あなたのような者でもこれが表す意味はわかるようですね」

「ハイザック様、いったいどうされたのですか？　この小娘《こむすめ》はいったい……」

「馬鹿者《ばかもの》がっ！　貴様、剣十字《クロスクルセイド》の意味がわからんのか!?」

「剣十字《クロスクルセイド》？　へ？　え？　あ？　ん？　は？　ま、まさか？」

ハイザックの言葉を聞き、グリドルも体を震《ふる》わせ始めた。

「い、いやハイザック様、御冗談《ごじょうだん》が過ぎますぞ。剣十字《クロスクルセイド》とはつまり……」

「そうだ。剣十字《クロスクルセイド》は――……シンフォニア王家の……紋章証《エンブレム》だ!!」

その叫びに対し、アレサは小さく頷《うなず》きを返した。

「な、な、な？　ということは、つまりこの小娘は……い、いやこの御方《おかた》は」

「私の名はアレサ・シンフォニア――このシンフォニア王国の第四位・王位継承権《けいしょうけん》を持つ、王女です」

アレサは自らそう断言した。

そこまで至り、ようやく周囲の村人たちも事態を理解し、どよめきを起こす。

「しかし、こんな地になぜ王家のご息女が……」

「ここは私が王たる父から託された地。私が王女としての権限を以て取り仕切っているのです。ここのことは当然、父も存じています」

「まさか……魔物との共存を国王が認めるなど……ありえん！」

「なぜあなたがあり得ないなどと言い切れるのですか？　一貴族の身で王の意を理解するとは不遜《ふそん》にして不敬が過ぎます」

「ぐ、ぐぅ……！　しかし、王都の方針とあまりに違《ちが》いすぎる！」

「ええ。故にこれは私の方針です。私が責任を持って認め、行っているのです。王族たる私が」

縋《すが》るようなハイザックの訴《うった》えをアレサは一刀両断した。

「手出しも口出しも無用。もしあなたが邪魔をするというのならば、それは王家への敵対と理解しなさい」

そこまで言われハイザックは……沈黙《ちんもく》した。

しばらくした後、ハイザックは首を横に振《ふ》った。

貴族は王家に従う者。決して反論を許されないことを貴族たるハイザックは誰よりも理解しているようだった。

「は、ハイザック様……」

主の無言の敗北宣言を受け、横の従者はがっくりと肩を落とした。

そしてそのまま二人は静かにその場から背を向けて歩き出す。

「――二度とこの地を踏《ふ》むことは許しません」

去りゆく者たちへのアレサの痛烈な言葉。それに対して悪態は一つも返ってこなかった。

あれだけの騒ぎを起こした男たちはただ静かに村を去って行った。


貴族が見えなくなった後、大きな歓声が上がった。

「え、え、え？」

「アレサお姉ちゃん、ありがとう！」

彼女が驚いていると、レオを抱《かか》えたサラが駆《か》け寄ってきた。そして周囲の村人たちも次々に彼女へ感謝を告げていく。

忌避《きひ》されるとでも思っていたのか、彼らの反応はアレサにとって予想外だったらしい。

村人たちの歓喜と感謝の反応に彼女は戸惑《とまど》っていた。

彼女は助けを求めるようにシンラを見てくる。

シンラはそんな彼女にただ笑い返す――ただ笑顔《えがお》を返せばいいと伝えるために。

アレサは一度こちらへ頷くと、周りの皆《みんな》へ笑顔を向ける。

そして皆で危機が去ったことを喜びあった。

◆

それから村にはすぐ日常が戻った。

村人たちはそれぞれの生活に戻り、アッシュは広場で昼寝《ひるね》をし、サラやレオはその近くで元気に走り回っている。

「ともかく誰も怪我人《けがにん》が出なくてよかったよ」

「……はい」

「ねぇねぇ、アレサはお姫様《ひめさま》だったの？」

取り戻した日常を眺めながら一息吐《つ》いていると、ルリが急にアレサへ聞いてきた。それに対し、アレサはコクリと頷く。

そして丁寧《ていねい》に謝罪する。

「ルリさん、黙《だま》っていてごめんなさい」

「そうだったんだ。でもなんで謝《あやま》るの、アレサ？」

「え、なんでと言われると……その、私が自分のことを黙っていたから、です」

「えー？　別にアレサはアレサで変わらないんだから、別に謝る必要はないでしょ？」

「で、ですが……」

「ん？」

ルリは首を傾けて、きょとんとする。

「る、ルリさん……ありがとうございます！」

ルリはにっこり笑うとそのままサラたちの所へと遊びに行った。

「……シンラさん」

それから彼女はシンラの方を向いた。

「僕にも謝る必要はないよ」

そういうと彼女は「はいっ」と元気よく答えてきた。

「そのかわりちょっとお話、聞いてくれますか？」

「僕でよかったら」

「シンラさんに……聞いてほしいんです」

それから彼女は表情を律し、口を開いてきた。

「私にとって、この生まれは枷《かせ》でした」

「枷、か」

「はい。なに不自由なく生きられる代わりに、なに一つ自由にさせてくれないから」

「…………」

「イヤ、でした。ずっと苦しくて……ずっと捨てたかった。だからシンラさんのところに来た時、ここにいる間だけでも枷があることを忘れたかった」

それが、彼女がシンラへ姓《せい》を名乗らなかった理由。

だとすれば先ほど王女だと名乗ったことがどれほど苦渋《くじゅう》の決断だったのか――自ら呪《のろ》い、嫌《きら》っていたことに救いを求めたということなのだから。

「アレサ……」

「でも！　ここで王女であることが役に立ちました！　私は生きてきて初めて、自分の生まれを肯定できた気がします！」

それが強がりではないことは、彼女の満面の笑《え》みが教えてくれる。

「君は……」

彼女は悩《なや》みを捨て去るのではなく乗り越《こ》えたようだった。

「――……頑張《がんば》ったな、アレサ」

「え？　が、頑張ったんですか、私？」

「ああ。誰よりも頑張っていただろう？　そして皆のために勇気を出してくれて、ありがとう」

「そ、そんな……だって私、自分のことを告白して……ちょっとウソついただけなんですから。シンラさんの方が全然――」

「その一言……その告白が君にとってどれだけ重いものだったか。それは君自身が誰よりも知っているはずだ。だから……アレサはよくやったよ」

言いながらシンラは彼女を抱き寄せ、優《やさ》しく包み込む。アレサは自然にそれを受け入れ、シンラの胸に顔を埋《うず》めた。

「実は私……ちょっと、頑張りました」

少女は素直《すなお》な気持ちを胸の中で零《こぼ》す。

「だからそういって貰《もら》えて、すごく……すごく嬉しいです」

エピローグ

厳かな雰囲気《ふんいき》に満ちた大広間――その中央に据えられるのは玉座。

玉座の背の壁一面には【剣十字《クロスクルセイド》】の紋章が描《えが》かれている。

ここはシンフォニア王国・王都にあるシンフォニア城の中枢《ちゅうすう》。玉座に座《すわ》るのは当然、主たるシンフォニア国王アトラス・シンフォニア。

そしてその右には第一位王位継承者たる王子フォズ・シンフォニア、左には第二位王位継承者たる王女リナリー・シンフォニアが立っていた。

王制を敷くシンフォニア王国にとっての絶対階級者たちだ。

「お久しぶりです。お兄様、お姉様――そしてお父様」

その三者を前にして、アレサはただ一人で向き合う。

――村での一件の後、アレサは自分の家に戻ることをシンラへ伝えた。

「帰るのか？」

シンラからそう訊《き》かれてアレサは首を横に振った。

アレサが家へ戻ると言ったのは帰るためではなく、許可を得るためだった。

逃《に》げ帰った貴族たちへは、進言は無意味だからするなと遠回しに口止めしておいた。だが一切《いっさい》の話が漏《も》れないとは断言できない。

ヴィレッド・ビレッジが魔物《まもの》と共存する場所であることやシンフォニア王女がいたという話がどう外部に伝わるかわからない。

もしそうなれば、伝わり方によっては国軍が動く事態にもなりかねない。

そうならないため、アレサは敢《あ》えて自ら王城へ戻ったのだった——

失踪《しっそう》していた第四位王位継承者アレサの突然《とつぜん》の帰還《きかん》に城内はざわめいた。

アレサは着くなり王への謁見《えっけん》を申し出た。同時に王からもすぐ呼び出《だ》され、この王の間に招かれたのだった。

ここに入るとすでに父と兄姉《きょうだい》は揃《そろ》っていた。そしてそれ以外の兵や付き人たちは退席を命じられ、家族だけが残った。

沈黙による静謐《せいひつ》を破り、最初にアレサへ声を掛《か》けたのは兄だった。

「アレサ、よく戻った。それは喜ばしいことだ。だが我々がどれだけ心配していたかわかっているのか？」

「ドラゴンを飼うなどと騒いでいたと思ったらそのまま家出とは……まったく恥《は》ずかしい。これも末娘《すえむすめ》だからと父が甘《あま》やかしていたからではないですか？」

わずかな気遣《きづか》いを見せる兄とは違い、姉の言葉には棘《とげ》があった。

「とりあえず無事戻ってきたのだからいまは良しとしようではないか。いくらセシリアから報告があったとはいえ万一のこともあったのだから」

「……兄様もアレサには弱いですね。アレサ、ともかくこれから勝手は許されません。あなたがいない間、公務が滞《とどこお》っていたのですから、それらを粛々《しゅくしゅく》としてもらわなければ……」

「お待ちください、お兄様お姉様」

姉の言葉を途中でアレサが遮ると、二人は不思議そうな顔をした。まさかアレサが会話に割って入ってくるとは思っていなかったようだった。

「私はお城には戻りません」

そしてこんな言葉が出てくるとは予想もしていなかっただろう。

兄も姉も一瞬、なにを言われたのかわからないようだった。

「な、なにをいっているのですか、アレサ！」

「自分がなにをいっているのかわかっているのか？」

「もちろんです。私はそれを伝える為だけにここに来たのですから」

困惑《こんわく》の表情を浮かべる二人。以前の自分ならこの反応を前に委縮してしまっていただろう。

しかし、いまのアレサはもうそれらを恐《おそ》れない。

誰かの為に自分を殺すことはもうやめたのだ。

「私がお世話になっている人たちや場所に迷惑《めいわく》がかからないよう、自分の意志で行動していることを説明しに舞《ま》い戻ったのです」

「……な」

「私、アレサ・シンフォニアは自らの見聞を広める為、この城を出ます！」

言葉を失《な》くす姉と兄に向かい、アレサは高らかに宣言する。

「な、なにをいっているのだ!!」

「ああ、アレサ、あなたはいったいどうしたのですか……」

「私はいまシンラさんという魔物使いと共に暮らし、そのお手伝いをしています」

「ま……魔物使いですって」

その単語を聞き、姉はあからさまに身を慄《おのの》かす。

「お前はシンフォニアの王女なのだ。そんな自分勝手は許されない！」

「そ、そうです！　しかも魔物使いとは……あの魔物でしょう!?　ああ、汚《けが》らわしい!!　あなたはその者にきっと誑《たぶら》かされているわ！　いえ、絶対にそう！　正気に戻りなさい！」

「いいえ、お姉様。わたしは誑かされもかどわかされもしておりません」

ヒステリックに叫ぶ姉に対し、アレサは毅《き》然《ぜん》と言い返した。

「……なっ！」

「逆に問います。お姉様は魔物を見たことはありますか？　触《ふ》れたことはありますか？　魔物使いに、シンラさんに会ったことはありますか？」

「そ、そんなことないに決まっているでしょう！」

「そうですか。ならお姉様はなにを以《もっ》て、彼らを汚らわしいと、信用できないというのですか？」

「!?」

アレサには姉を問い詰《つ》めている自覚はなかった。だがその純粋《じゅんすい》な問いに対し、リナリーは答えに詰まる。

「………そんなことは決まっているの！　あなたは騙《だま》されている――」

「――先日、東部の村の報告を受けた」

姉の叫びを遮ったのは、父だった。

「お、お父様、なにを……いまはそんなことは」

「そこは魔物と共存している村だという。それには一人の魔物使いが関わっている内容だった。アレサ、お前もそこにいたのか？」

いままで眠《ねむ》るように目を閉じ、口を挟《はさ》んでこなかった父。それがいまは両目を開き、その眼差《まなざ》しをアレサだけに注いでいた。

「──はい。その通りです」

アレサは臆《おく》することなく、正直に返答する。

「父上、そんな話があったのですか？　すぐに真偽《しんぎ》を確かめなくては！」

すぐに討伐《とうばつ》に出んと勇む兄を父は片手を上げて制した。

「フォズ、いいのだ」

「な、なにを仰《おっしゃ》るのですか」

「お父様までどうしたのですか！」

父の物言いに動揺《どうよう》する兄と姉。しかし父はそれらに応えず、アレサとの会話を続ける。

「アレサよ。お前は王家の娘だ。故《ゆえ》に王族という生き方をしなければならない」

「………………」

「残念ながらそれを捨て去ることは出来ない。生きている間だけでなく、我らは死後でさえ己の名に責任を持つのだから」

「はい………ですがお父様、私はここにはいられません」

「勘違《かんちが》いするな、アレサ。私はお前に籠《かご》の中で生きろといっているのではない。王家の責務を背負《せお》って生きろといっているだけだ」

「お父様、それは……」

「お前はただお前の幸福だけを追求することは許されない。だが自己犠牲《ぎせい》を強いているのでもない。お前はその生き方で以て人々を幸せにしなければならない責任があると言っているのだ」

「………」

父の言葉は強制ではなく、責任と覚悟《かくご》を問うものだった。

それを察し、アレサは真剣《しんけん》に頷いた。

「この国の為、生きる人の為となるのならその生き方を許そう――……しかし、いつの間にかお前も、自らの生き方を親に訴える年齢《とし》になっていたのだな」

ハッハッハと笑う父。そんな父に姉と兄が食って掛かる。

「お、お父様……本気なのですか⁉　そんなことが許されるわけが……」

「父上……いや王よ、いったいどういうお考えなのですか」

「お前らは黙っておれ。但《ただ》しアレサよ、条件がある」

父は彼らを一瞥《いちべつ》し、黙らせながら言葉を続けた。

「条件、ですか？」

「この国には十五年前の【黒の災厄】の傷跡《きずあと》がいまだに多くある。災厄は人々から大地の恵《めぐ》みを奪い、人の住めないほどの不毛の地を各所に作り出した。そして人々に恐怖《きょうふ》と疑心を与え、魔物との諍《いさか》いを絶えなくしている」

「【黒の災厄】の……傷跡」

「いまだ人々の心には災厄の影《かげ》が落ちている。その解決に尽力し、確たる成果を出すのだ。もしそれが果たせないとしたら、その時は真っ当な王女としての責務をこの城で果たしてもらう」

「……わかりました。人々に恵みと安寧を齎《もたら》してみせます」

「力と意志を以て、お前の生き方を証明してみせるがいい、アレサよ」

「もちろんです——私は私なりのやり方で王女としての役割を果たし、生きてみせます。そしてそれを父や姉や兄……みんなに認めてもらいます！」

王の物言いに委縮する兄姉を後目《しりめ》にアレサは毅然と立ち向かい、言い放つ。

「この国の者たちは私を含め、多くの者が過去に囚《とら》われ、怯《おび》え、恐れ、滞っている。だがいつまでも同じ場所に留《とど》まっていては淀《よど》み、濁《にご》ってしまう。それを打破してくれることを期待しよう」

「はい……っ！　きっとしてみせます、このアレサ・シンフォニアが！」

アトラスの言葉は娘の成長を願う父のものであり、国の将来を祈る国王のものだった。

それをアレサは一人の娘として、そして王女として受け取った。

◆

王座に座るシンフォニア国王・アトラスは深い息を吐いた。

「――娘を任せたぞ」

独白のような王の呟《つぶや》き。

「――ああ」

それに対し、返事があった。

皆に退席を命じ、一人だけとなったはずの王の間。王が伏せていた視線を上げる。そこにはいつの間にか一人の男が立っていた。

まるで気配無く、誰に咎《とが》められることもなく、その男はシンフォニア国王の目前に現れていたのだった。

「いまも相変わらず無茶《むちゃ》ばかりしているようだな、お主は」

「それが僕《ぼく》だからさ。悪いな、大事なお嬢《じょう》さんを少し預からせてもらうよ」

「まったく。だがお主なら安心だ。娘を頼《たの》むよ――シンラ・リュウト」

「任せてくれ、アトラス・シンフォニア」

二人は一度だけ、旧友だけに見せる笑みを交わした。

◆

「コドラン、お待たせっ！」

王都から離《はな》れた郊外《こうがい》。遮るものがない大草原にアレサの元気な声が響く。

「るるる――！」

するとコドランは元気よく彼女の胸へと飛び込《こ》んでいった。

「シンラさんもお待たせしました！」

「その様子だと上手《うま》くいったみたいだな」

「はいっ！」

「アレサが王都に戻ると言った時はどうなるかと思ったが……良かった」

下手をすれば二度と城から出られないことも考えられた。それを思えば、いま再び二人で笑みを交わせているのは幸運だった。

それでも彼女が城へ赴《おもむ》いたのは、自分へのけじめであり周囲の為だったのだろう。

ただその決断は結果がどうあったとしても正しい。なぜならば彼女が望んだことなのだから。

「さて。家に帰る前に一つ聞いておきたいんだがいいか？」

「？　はい、なんですか？」

シンラは表情を律して彼女の顔を覗《のぞ》く。

「アレサ――僕の弟子《でし》にならないか？」

「……ええ！」

「いやかい？」

「そ、そんな！　あのシンラさんの弟子ということは、つまり魔物使いの弟子ってことですよね？」

「ああ。そうだよ。まぁ別になにか教えるってわけじゃないんだけど、要は一緒《いっしょ》にこの世界を楽しまないかってことだ」

「――この世界を、楽しむ」

こちらの言葉を彼女は反芻《はんすう》した。彼女の中にはない発想だったらしい。

「ああ。だから……一緒に来ないか？」

「ほ、本当に私で……私なんかでいいんですか？」

「アレサだから、だよ」

戸惑うアレサにシンラは強い頷きを返した。

「アレサは他《ほか》の人にはないものを持っている」

「この【真刻の眼《ヒストリア・アイズ》】のことですか？」

「違う、そういうものじゃない」

彼女の眼《め》は彼女だけのもの。そして彼女はそれを以て得た膨大《ぼうだい》な知識を持つ。けれども
シンラにとってそれらは些事《さじ》でしかなかった。

「僕はアレサ、君のその心が欲《ほ》しい」

「私の、こころ……？」

「その心はアレサだけのものだ。世界を歪みなく捉《とら》え、歪みを許せない心。素直な心と強
さ。そんな人と僕はともにありたい」

言ってからシンラが「まるで告白だな」と苦笑《くしょう》した。それを聞いた彼女は顔を真っ赤にする。

「お姫様として暮らす日々と比べ、安全だとは言わない。苦労しないともいえない。それどころかきっと苦労するだろう――でもだからこそ、きっと存分に楽しめる」

言いながらシンラは掌《てのひら》をアレサへ向《む》けた。

「あ、いやだったら断ってくれ。別に弟子じゃなくてもあの家にいてもいい。一緒に暮らすことになんの問題も――」

「そんな！　いやなことなんて全然ありません！」

気遣いのつもりで言葉を足したら、アレサは慌《あわ》てて手を掴《つか》んできた。

「いいのかい？」

「はい！　ふ、ふつつかな娘ですが……よろしくお願いしますっ！」

声を裏返しながらアレサはそんな台詞《せりふ》をいってきた。苦笑しながらもシンラは指を絡《から》ませ、強く握り返す。

「これからは王女様兼、魔物使いの弟子ってわけだな」

「そうです！」

元気いっぱいに応《こた》えてくるアレサ。

「本当の本当に、ご迷惑をかけると思います！　でもシンラさんの弟子として恥じないよう頑張りますから！」

さっそくシンラの弟子をアレサは名乗る。そこには最初出会った時にあった緊張感《きんちょうかん》は微《み》塵《じん》もなかった。

「それは心強い。ありがとう。じゃあまずは家に帰ろうか。ルリも待っているからな」

「はい！　……そうだ、シンラさん。今日のご飯は私が作っていいですか？」

「？　もちろんいいがどうしたんだ、急に？」

「シンラさんが作る料理は美味《おい》しいんですよ？　でもこれからはずっと一緒にいるわけですから、私も作った方がいいと思うんです！」

「なるほど。それは助かるが、別に気を遣わなくても大丈夫《だいじょうぶ》だぞ？　いまも一人でやっているし」

「そ、そうかもしれません。でも作りたいと思うので……私に作らせてください」

アレサは頬《ほお》を染めながら、けれども強く訴えてきた。

「……なるほど」

これは多分、アレサなりの一緒にいられることへの喜びの表現なのだろう。シンラはそんな彼女の気持ちを汲《く》むことにした。

「ありがとう。それでは楽しみにさせてもらうよ」

「ぜひっ！」

微笑《ほほえ》み合った後、シンラは快晴の空を見上げる。それから掌を口元に当て——口笛の音を響き渡らせた。

笛の音が空へ広がって消え去る頃《ころ》、巨大《きょだい》な鳥がシンラたちの目の前に降り立った。シンラは先にその背に乗っかり、アレサの手を引っ張った。

「そうだ——ひとつ、言い忘れていた」

「なんですか、シンラさん？」

シンラがアレサの顔を見ながら呟く。

「——おかえり、アレサ」

シンラとアレサ——後に【獣たる支配者たち《マスターテリオンズ》】と呼ばれる魔物使いの師弟生活。

その一日目がいま始まったのだった。

終

あとがき

はじめまして、もしくはおひさしぶりです。どもども、無嶋《なじま》です。

この度は本作『魔物使いのもふもふ師弟生活《していせいかつ》』をお手に取っていただき、ありがとうございます！　なんとか……なんとかかんとか、新作をお届けできました！

前作から思っていた以上に長旅になったので、あとがきはそのあたりのことを書こうかなぁ……とか思っていたら、あとがき一頁だけなので、もう謝辞《しゃじ》に入ります！

まずは毎度毎度、すみません、感謝しかない担当編集のN様。力不足でご迷惑をお掛けしていますが……いつもありがとうございます！　そしてイラストを担当いただいた野崎《のざき》つばた様！　シンラやアレサたちの他、魔物、背景に至るまですべてを魅力的、ステキ素《す》晴《ば》らしく描いていただき、感謝しかありません。ありがとうございます！

また本作も関わって下さった方々、そしてお手に取ってくれた皆様、本当にありがとうございます。それではまた。次にも会えることを祈って。　二〇一六年一二月　無嶋樹了

HJ文庫 http://www.hobbyjapan.co.jp/hjbunko/
682

魔物使いのもふもふ師弟生活

2017年1月1日　初版発行

著者──無嶋樹了

発行者─松下大介
発行所─株式会社ホビージャパン

〒151-0053
東京都渋谷区代々木2-15-8
電話　03(5304)7604（編集）
　　　03(5304)9112（営業）

印刷所──大日本印刷株式会社

装丁──木村デザイン・ラボ／株式会社エストール

ISBN978-4-7986-1366-6　C0193

ファンレター、作品のご感想
お待ちしております

〒151−0053　東京都渋谷区代々木2−15−8
(株)ホビージャパン HJ文庫編集部 気付
無嶋樹了 先生／野崎つばた 先生